SV

Bertolt Brecht

Liebste Bi

Briefe an
Paula Banholzer

Herausgegeben
von Helmut Gier und
Jürgen Hillesheim

Suhrkamp Verlag

Zweite Auflage 1993

Druck: Nomos Verlagsgesellschaft Baden-Baden
Printed in Germany

Briefe an
Paula Banholzer

Bittersüß! Warum nennst du mich mit diesem
Namen, der mir Lust und Pein gibt?

Denn es ist nicht eine, die dich liebt wie ich und
dich kennt, so wie ich dich kenne.
Und das ist es, worin ich dir süß und bitter bin.

Paul Claudel, *Der Tausch*, deutsch von
Franz Blei, Leipzig: Kurt Wolff Verlag 1915

An Bittersweet

So halb im Schlaf in bleicher Dämmerung
An deinem Leib, so manche Nacht: *der* Traum.
Gespenstige Chausseen unter abendbleichen
Sehr kalten Himmeln. Bleiche Winde. Krähen
Die nach der Speise schreien, und nachts kommt
Regen.
Mit Wind und Wolken, Jahre über Jahre
Verschwimmt dein Antlitz, Bittersüße, wieder
Und in dem kalten Wind fühl ich erschauernd
Leicht deinen Leib, so, halb im Schlaf, in
Dämmerung
Ein wenig Bitternis noch im Gehirn.

31. Oktober 1919

Bidi in Peking
Im Allgäu Bi
Guten, sagt er
Morgen, sagt sie.

[1954]

Freitag im April 17. 1

Teuerste Freundin!
Da ich merkwürdigerweise mit dem Zug 1^{15} nach München eilen muß, bleibt mir leider nichts über, als auf das Vergnügen, Dich heut zu treffen, zu verzichten. Ich hoffe, daß Du mir das, sowie die (einzig mögliche) Art, es Dir mitzuteilen, nicht verübelst und bitte Dich sehr, morgen um ½12 oder ½2 Uhr ins Kautzengäßchen zu kommen. Nachmittags ¾5 Uhr werde ich jedenfalls bei den Kapuzinern auf Dich lauern. Wenn irgendetwas los ist, schreibe mir doch, bitte, (Bleichstraße 2.). Ich bitte also noch einmal um Entschuldigung.
Mit Gruß E.

2 Geliebte Paula! Angebetete!

Erlaube Deiner Majestät unterthänigster Kreatur, Dir seine ehrfurchtsvollsten Unterwürfigkeiten vor die zarten Füßchen zu legen. Er hat sonst wenig zu tun. Salaam.

Meine Reise war glücklich, meine Begleiter Damen und meine Ankunft ersehnt. Es ging alles nach meinem Wunsch, es entsprach alles Deinen Gebeten. Oh, Du süße Gazelle meiner dunkelen Träume!

Als ich kam, roch alles nach Frauenzimmern und Kaffee; jetzt, da ich da bin, riecht alles nach meinen Zigaretten. Oh, Du Stern in der Nacht meines Unglücks!

Denn: Ich bin unglücklich. Fehlen mir die Freunde, Schafe, Kamele, Ruhe meiner Heimat, oder fehlst *Du* mir, Gegenstand meiner Ekstasen? Ich bin voll Schwermut. So, wie ein Baum voll süßen Honigs sein mag, zur Zeit da er faul wird.

Ganz kurz habe ich mir das Haar schneiden lassen. Wie Simson. Und nun warte ich, daß es wächst. Denn ich muß etwas zu tun haben. Ich muß auf etwas warten können, oh Du Geliebte vieler Liebhaber! Siehe! Ich bin voll Unruhe, sie ist in mir, also wie ein Löwe in einer Mäusefalle. Mache Dir nichts daraus, trübe nicht Deine herrlichen Augen, Du Bewunderin meiner Vergleiche!

Eine Laute ist hier, die hat nur mehr 2 Saiten. Allzuviel spielte die Liebe *ihr* mit. Abends spiele *ich*. Ich spiele Lieder an Dich, Zentralsonne meiner Jugend, Inhalt meiner unsterblichsten Lieder! Denn lang kann ich nicht schlafen. Immer denke ich an Dich, darum kann ich nicht schlafen. Auch rauscht der Wald droben stärker als drunten der See. Und vom Bett aus sehe ich Wald und Nachthimmel. Aber

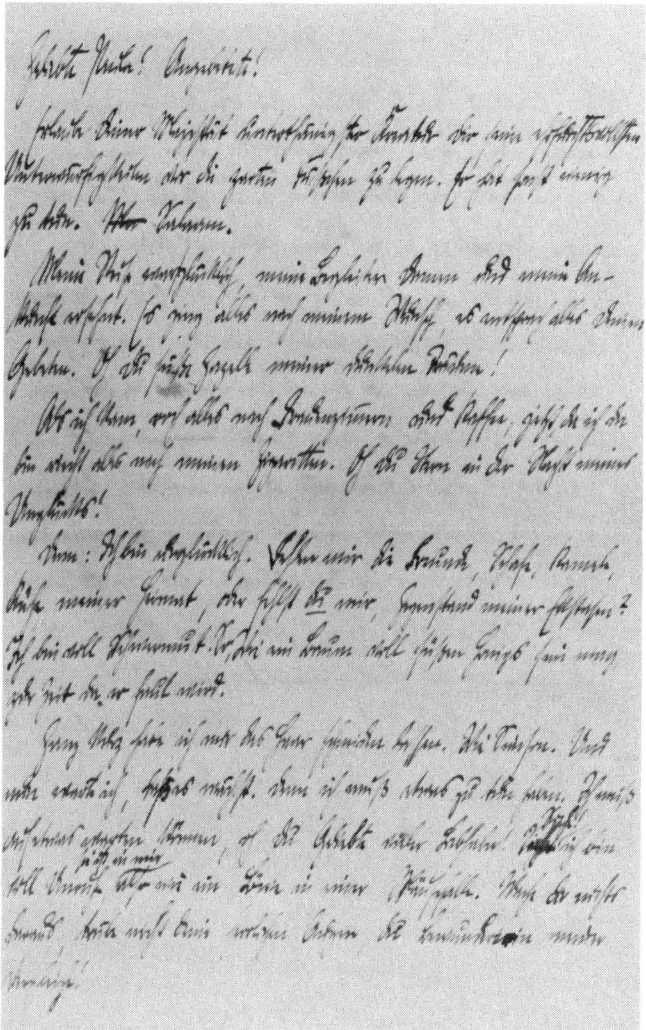

[illegible]

Heil Dir!

am August 14. [illegible]

immer denke ich an Dich wie der Gärtner an seine Frau denkt und seine Frau an seine Dotschen. Ich bin einsam wie alle Berühmtheiten, wie auch der Fichtenbaum auf der kahlen Höhe des Gedichtes von Heine, der ein so schönes Gesicht hatte (der Heine natürlich!). Einsam bin ich wie die weinenden Rosse des Achilles, oh Du liebliche Rose blühend im mondlichten Tal der Verläumdung, wo es so unheimlich hell ist! Siehe, ich grüße Dich, Du Futter meiner Bandwurmsätze, Du Sphinx meines Mondscheinnachtskahnfahrtentraumwahnsinns, Du funkelnder Hohlspiegel des Nirwana, stolze, kluge Perlenfischerin im Meer dieses Unsinns, schmücke Dich mit den Perlen, kleine Ingeborg Brennessel!

Bert Brecht

im August 17. zu Tegernsee.

NS: Deinen nächsten Brief, oh leuchtender Mittelpunkt, adressierst Du an B. Brecht, Villa Kopp, Tegernsee.
Es ist ein Dankbrief.

Liebes Mädel, 3

es muß sehr schnell gehen. Ich schreibe mir möglichst rasch auf, was ich mir vorher während meines Vortrags über Bodenreform habe einfallen lassen. Der gestrige Tag war sehr lang. Er dauerte von früh 5 bis nachts 12. Fuhr mit Ehrenberg herüber, der ein »Viech« ist und den ich doch nächstens präsentiere. Stürzte dann in einen Katarakt von Vorträgen über Ehekonsens, Säuglingssterblichkeit, Tuberkulose, Musik, Chemie usw. usw. Mittags Kartoffelknödel. Nachts Theater. Heut auch schon wieder vier Stunden Kolleg, dazwischen Lesesaal, Billettenholen, Aufsatzschreiben. Was tust Du? Du bist der lichte Stern über diesem Wasserfall, unter dem ich stehe. Du bist der selig in ewige Sonne getauchte Wipfel des Baums, an dem ich durch Dunkel usw. an einem aalglatten Stamm emporklettre. Es gibt noch mehr solche Vergleiche... Ich finde, daß die gute Werrenrath ein sehr armes Mädchen ist und für Glück keine Chancen hat. Noch ärmer aber wird ihr Mann sein; der hat alle Chancen für Unglück. Ich habe übrigens nachts auf dem Fensterblech in ein paar Szenen eines Theaterstücks hinein einiges geschrieben; woraus Du vielleicht einmal gelegentlich sehen wirst, daß ich Dich sehr lieb habe. Was soll ich anders hier schreiben können? Es ist schrecklich viel los hier. Ich habe mich für Medizin umschreiben lassen – eine Mordslauferei! Jetzt ist es Mittag. Nachmittags drei Stunden Kolleg, dann Kartoffelknödel und Theater. Vier Stunden »Palestrina« (stehend...). Aber das alles ist sehr schön. Es ist ein frischer Zug drinnen. Alles geht wie im Flug. Hoppla, hinüber über allerlei kleine Bequemlichkeiten! Wenn ich abends hundsmüd bin, gut gelaunt bin ich doch, und vor dem Einschlafen

kommst Du dann mit 'ner primitiven Gloriole um Dein sittsames Köpfchen und verleihst mir einen tsard mütterlichen Khuß auf meine heißgelaufene Schtirn, und dann entschlafe ich sählig.
Ich küsse Dich also energisch, zause Dir (im Geist) Deinen Haarschopf und schiele nach der Tür, wo der Briefträger kommt.

Dein B.

Vielleicht kann ich abends um ½8 Uhr herum (wie neulich Deine Schwester!) kommen. Dann geh ich gleich durch die Kreuzstraße und hoffe, Dich zu sehen oder zu hören, wo ich hin soll. Wahrscheinlicher aber komme ich schon mittags.

[München, Mai 1918]

Sonntag nacht. 4

Liebe Bi,
ich habe Dich sehr lieb, jetzt merke ich es. Entschuldige, daß ich mich nicht beherrschen konnte: Es tat ein bischen weh. Es ist jetzt nacht, und Du wirst vergnügt sein. Ich schreibe ein wenig, und dann denke ich immer an Dich. Ich hatte ja auch nur gedacht, es würde Dich freuen, mit mir fortzugehen abends. Aber so bin ich nur hingegangen und bald wieder fort. Jetzt sehe ich Dich eine Woche lang nicht mehr.
Ich kann noch nicht schlafen. Ich gehe noch ein wenig an den Lech.

Dein Bert.

Jetzt denke ich daran, daß Du morgen Klavierstunde hast. Vielleicht denkst Du dran und kommst auf die Bahn. Vielleicht denkst Du wirklich dran, und jetzt habe ich schon wieder etwas, um mich zu freuen. Aber telefonieren tu ich nicht. Vielleicht denkst Du dran.

5 Liebste Bi,
vielen Dank für Deinen Brief. Es wäre mir lieb, wenn Du meinen nicht bekommen hättest. Hier ist nichts los. Die Medizin fängt sehr langsam an, und so habe ich mit einem neuen Stück angefangen. Am Samstag früh komme ich heim. Ich konnte nicht eher schreiben, weil ich erst heute in mein Zimmer ziehen konnte. Die vorigen Tage und Nächte brachte ich im Atelier zu, da war weder Tinte noch Feder da. Ich habe Dich immer sehr lieb.

Dein Bert

Cas ist da und Bez und Geyer und die Kuhn und Münsterer.

Es ist nicht schön, daß Du nicht mehr schreibst.
Ich mußte doch Montag auf die Bahn und dachte: Wenn Du mich sehen willst, dann kommst Du heraus.
Aber warum schreibst Du jetzt nimmer?

München 29. 1. 19. 6

B. E. B.

Liebste Bi!

Weißt Du: »erwidern« schreibt man ohne e!

Mhm.

Mein Bruder: Das ist ein Schlack. Sonntag abend ging unser Telefon nimmer. Der Portier schlief wohl schon oder tanzte. Und am Montag früh trommelte ich mein Brüderchen aus den Kissen und brüllte ihm ins Öhrchen, er solle Dir telefonieren, daß er gesternabend nicht konnte, mein Brüderchen nämlich und noch einige andere – Ausreden!

Also entschuldige –, daß mein Brüderchen n' Schlack ist!

Gnädigste sind ungnädig? Aber sowas!

Und ich lerne das Tanzen. Vormittags schreibe ich an dem Stück, das 10 000 Mark einbringt und das halb fertig ist, und nachmittags tanze ich. Und wie! Walzer kann ich jetzt ziemlich!

Ich freue mich sehr auf die Fahrt mit Dir! Das wird fein!

Das mit der Kinderwäsche, muß das schon jetzt sein? Das kann man doch immer noch besorgen! Laß doch auch mal erst bei uns daheim nachschauen. Wiewohl ich da wenig Hoffnung habe. Meine Mutter schenkt alles her!

Jetzt ist es mittags 12 Uhr, und ich sitze noch in Hausschuhen am Schreibtisch. Gewaschen bin ich auch noch nicht. Schreibe seit 6 Uhr! Es sind 10 000 Mark ...(?)

Bei der Hedda Kuhn bin ich noch nicht gestanden. Sie *sitzt* immer. Heut hat sie ihre Prüfung. Ich kann sie gut leiden. Aber Du brauchst keine Angst zu haben. Sie ist viel zu gescheit.

Hast Du Angst? Hoffentlich! Oh, kleines Schaf! Fahr nicht Schlittschuh! Heuer nicht! Jetzt muß ich mich anziehen! Samstag komm ich direktemang ins Kreuz! (Ins *mittlere*, F 325!).
Hoffentlich hilft das: »Feldpost« auf dem Kuvert! Um Marken zu kriegen, müßte ich bis auf die Post, und das ist eine Tagereise!
Also, Wiedersehen mit Kuß!

Dein Bert

Liebste kleine zornige Bi!
Nun hast Du also meinen Geburtstag doch nicht vergessen, wie ich gehofft hatte, sondern ich den Deinen, wie ich immer gefürchtet habe. Das kannst Du mir nicht übelnehmen; denn das ist nicht ein Fehler, den ich *gemacht* habe, sondern einer, den ich *habe*. Ich gratuliere *nie* – aber es tut mir *immer* leid. Ich *weiß* die Daten nicht. Ich weiß z. B. nur, daß meine Mutter immer im September eine Weile beleidigt ist, meine Tante im März, mein Bruder aber im Juni. Das wird wohl wegen des Geburtstags sein. Der Geburtstag ist ein Tag, wo man beleidigt ist. Ich hätte nicht gedacht, daß der Allgäuer Menschenschlag so intelligent ist und so geschmackvoll! Du mußt Deinen Verehrer schon wegen seiner Intelligenz und seines Geschmacks schätzen. Du kannst Dir übrigens denken, wie sehr es mir imponiert hat, daß Du solche Opfer zu bringen bereit bist, wenn es gilt, mich zu einem besseren Menschen zu machen. Was mußt *Du* gelitten haben, als ich Dich zwang, mit Hinz und Kunz, Mech und Schätzler zu fahren. Ich bewundere Dich. Ich habe von Dir gelernt...
Übrigens bin ich absichtlich nicht mit Deiner Schwester gefahren; ich kann sie nicht mehr leiden, seit sie Dich hat allein fortfahren lassen. Bitte schreib ihr, daß ich empört bin – sonst meint sie, ich sei nur ein Lackel!
Hier ist absolut nichts los, was Dir sehr recht sein wird! Die Hedda Kuhn ist abgereist und hat mir den Schwur der Treue abgenommen. Was da machen? Jetzt muß ich hier brav sein!... Ich möchte übrigens Eure Ballets mal mit ansehen. Ich komm so wenig zum Lachen. Deine blaue Seidenbluse werd ich Dir

nächste Woche bestimmt mitbringen – ich bin froh, daß Du mich nicht vorher erwartest –, daß Du Deinem Verehrer besser gefällst! Soll ich *ihm* keine Krawatte mitbringen? (Mein Bruder hat so Dinger!) Und dann, die Sache mit dem Wohnen! Ich fürchte, wenn ich bei Frau Frick wohne, kann ich nie mit Dir allein sein. Oder ist es so, wenn ich im Gasthof wohne? Ich mag auch nicht lästig fallen; Leute, denen *ich* lästig falle, fallen nämlich mir dadurch auch lästig. Schreib mir, bitte, darüber! – Der Spartakus wächst und reift seiner ruhmvollen Laufbahn entgegen.
Wenn ich nicht über Kempten kommen kann, komm ich überhaupt nicht. Weswegen meinst Du denn überhaupt, *daß* ich komme?!!? In Kempten lebt der Friseur, der einzige in der weiten, von mir erforschten Welt, der mir die Haare so schneiden kann, daß ich nicht noch häßlicher ausschaue als ich bin. Ich habe ihn unter den verführerischsten Verlockungen zu bewegen gesucht, nach Augsburg zu ziehen. Aber selbst *die*, ich würde mir immer – *alle* fünf Wochen – die Haare bei *ihm* schneiden lassen, bewegte ihn nicht genügend. Er ist leider undankbar... Jetzt muß ich aber ins Kolleg, sonst *warten* die. Also, einige Küsse und auf fröhliches Wiedersehn.

Dein Bert

Grüßen lassen:
Bez
Lud Prestel
Cas
Orge
Otto
Mech
Schätzler
Meine Münchner Mädels.

Grüße auch Herrn und Frau Frick und ihr Töchterchen. Sie soll auf Dich aufpassen.

Ich hab Dich lieb!

8 Donnerstag 13. 2. 19

Liebste, kleine Bi!

Nun liegst Du also alle die himmelblauen Nächte in dem großen geblümten Bett unter den dicken Kissen und hörst im Dämmern morgens die Spieluhr, kleine Madonna im Bauernbett! Und vielleicht sieht unser Kind zum erstenmal das Licht einer dämmrigen Bauernstube und hört als erstes das sanfte Blöken der guten Schafe und das dunkle Gemuhe mütterlicher Kühe – wie der kleine Jude in Bethlehem, nur daß damals ein noch heiligerer Geist schuld war als ich es bin. Abends gehen Cas und ich vorbei an den Tanzsälen und reden von Kunst, auch *der* Kunst, Geld zu verdienen; und spät nachts bin ich wieder mit Dir allein in der niedern Stube unter dem vielen Schnee und halte Deine Hand. Ich glaube, die Leute sind gut mit Dir, und die Frau Frick ist eine kluge Frau, und ihre Tochter ist ganz artig und hat Dich doch sicher gern.

Montag komm ich. Ich fahre mit dem ersten Zug. Kann mich Dein Verehrer wohl abholen? – Aber allein; denn ich wünsche nicht, daß Du stundenlang mit fremden Männern in der Welt rumfährst. Wenn ich besser an einem andern Tag kommen soll – dann telefoniere mir Samstag und Sonntag nach Augsburg! No. 23. Meine hiesige No. heißt:

51370

Damit küsse ich Dich und freue mich auf Dich.

Dein Bert

Entschuldige den schnoddrigen Schluß! Cas kam und störte mich, wie Du siehst!

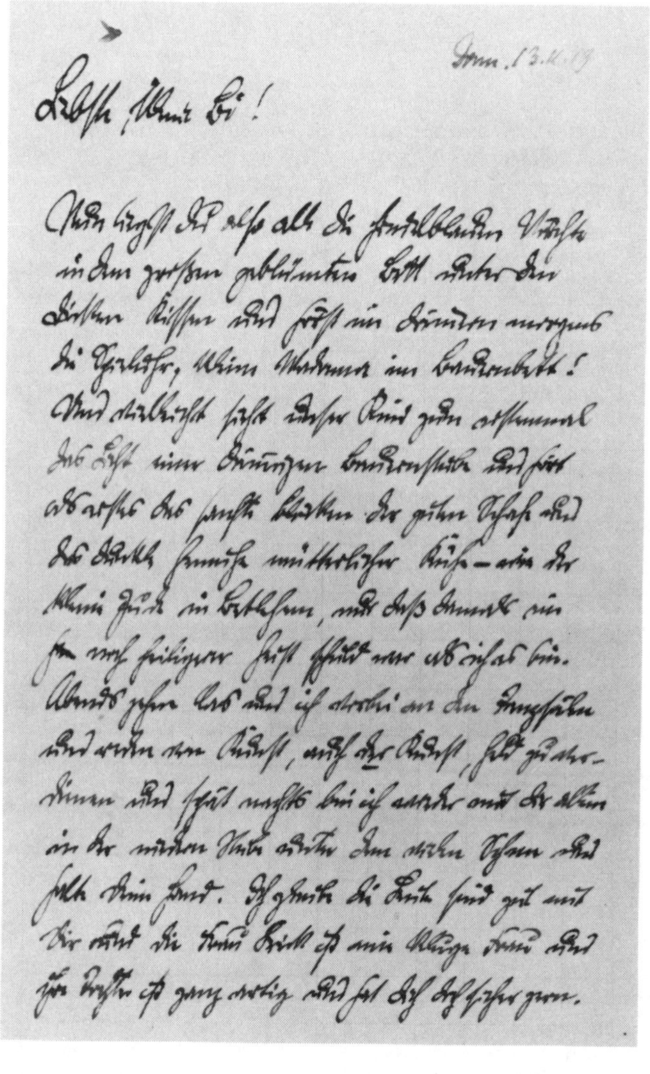

SPARTA
KUS

Kann mich kein Wecker nicht abholen? – Aber allein; du [illegible] ich wünschte nicht, daß [illegible] [illegible] [illegible] man in der Welt [illegible]. [illegible] ich besser [illegible] [illegible] kommen soll – [illegible] [illegible] [illegible] nach [illegible]! No. 23. [illegible]

51370

Damit küsse ich dich und freue mich auf dich.

Dein [illegible]

[illegible]

9 Liebste Bi! Kleine Frau!
Ich warte immer noch sehnlich darauf, was Deine Eltern zum Ammersee sagen. Jetzt kann ich wieder nicht hin, wenn ich in Augsburg bin – denn wenn sie es *mir* vorher verbieten würden, dann wärs aus mit dem schönen Plan. Weißt Du, Mädele, noch den Allerheiligen-Sonntag anfangs November? Es waren sehr schöne Tage, und damals kämpfte gerade Deine Mutter so energisch gegen uns, daß wir uns doppelt so lieb hatten ...
Hier war ein zweites Atelierfest bei einer Malerin, die der Cas kennt. Es war noch ein Maler da und noch eine Malerin, und sie stellten Punsch her, und ich spielte die ganze Nacht Gitarre. Die Decke hat ein großes Loch, da sieht man den Himmel, und die beiden Paare legten sich auf Decken auf den Boden, an die Wand, jedes in eine andere Ecke. Und ich saß im Dunkeln am Tisch und spielte Gitarre und trank und aß alle Brötchen, und Cas kann bezeugen, daß ich wunderbar brav war und nur auf Dein Wohl trank und sagte, Du seist die Schönste. Weil ich so wunderbar sang und trank, hatte ich erst alle Chancen, bei beiden alle Chancen. Aber ich lachte über sie und spottete sie aus, Cas bezeugt es; denn ich dachte an unser Kind und daß Du schöner bist als diese und reiner, und da liebten sie mich nicht mehr, und die eine nahm den Maler, obwohl er sehr häßlich war, und die andere nahm der Cas, so daß er sie jetzt mit an den Ammersee bringen will, wenn Du einverstanden bist. Ich aber ging nach 3 Uhr früh fort, glücklich und voll Einfällen, durch die laue Nacht, in die es leise hineinregnete, einen weiten Weg heim. Das Madl, das der Cas mitbringt, ist sehr nett, lustig und artig; sie würde Dir gut gefallen. Das hätte den Vor-

teil, daß Du und ich zusammen sein könnten, wenn der Cas und die Trude (so heißt sie) zusammen sind. Darum wäre ich nicht abgeneigt. Was meinst *Du* darüber? Darauf kommt es an.
Im übrigen war es wahrscheinlich das letzte Atelierfest, denn nun werde ich nur mehr kurze Zeit hier sein. Erst im Mai fängt die universitas wieder an. Du brauchst also keine Sorge zu haben. Hm?
Was tust Du immer? Hast Du viele Schmerzen, kleine Madonna? Wie sind die Leute zu Dir? Mit wem verkehrst Du alles? Ist es langweilig? Was ist's mit Faust? Willst Du mehr von Goethe? Ich werde Bücher mitbringen. Du aber bringe möglichst viel Gehamstertes mit!
Ich habe Heimweh nach Dir. Ich will bei Dir ausruhen, am See. Wird es schön? Freust Du Dich? Kannst Du soweit fahren? Wie bist Du gesund? Bewegt sich mein Sohn? Bitte, schreib recht fleißig! Bist Du brav?
Ach so: Wir wollen also nächste Woche fortgehen. Das heißt: Montag in acht Tagen.
Ich küsse Dich ausdauernd.

Dein Bert

Samstag früh. München. 29. 3. 19.
Cas läßt grüßen, und Du sollst's erlauben!

Du, sieh immer nach, ob man durch Dein Kuvert nicht Deinen Brief lesen kann. Es ist etwas durchsichtig!

10 Liebste, ärmste Bi!
Du tust mir furchtbar leid, daß Du wegen mir wieder soviel leiden mußt und so Krach kriegst. Ich tue mir auch furchtbar leid, aber jetzt ist's schon verdorben, und Du hast ganz recht: Hätten sie's danach gehört, wärs schlimmer. Jetzt müssen wir uns wieder Sonnenschein machen. Ich lege also einen Brief ein, den Du, wenngleich ohne was weiter dazu zu schreiben, Deiner Mutter schickst! Oh Bi! Ich bin so traurig, daß uns das nicht hinausgeht, und dazu hat Dir der Brief sicher sehr weh getan. Bin *ich* dran schuld? Bitte, schreib mir! Ich hab Dich sosehr lieb. Das war wie ein Blitz aus blauem Himmel! – Jetzt geh ich natürlich nicht zu Deiner Mutter, sondern bin furchtbar beleidigt. Ich habe eben von Dir erfahren, daß Deine Mutter so Krach gemacht hat. Hast Du mir sogar ihren Brief geschickt? Es wäre ganz gut. Wie geht es Dir immer? Hast Du die Gitarre wieder? Hast Du meinen Brief bekommen? Was hast Du Deiner Mutter geantwortet? Hoffentlich nichts!
Ich muß zu *viel* an Dich denken. Ich weiß nichts sonst, habe erst heut früh an Dich geschrieben! Aber ich küsse Dich auf eine verbotene Stelle unter Deiner rechten Brust. Fühlst Du's?

Dein trauriger Bert.

Samstag in Augsburg.
Verbrenn den Brief gleich, Unglückswurm!
Ist der an Deine Mutter nicht ein Meisterwerk?

[Poststempel: 29. März 1919]

Liebste kleine Bi, 11

jetzt endlich ein Brief – vom 31., den Du nicht selber besorgen konntest. Bist Du arg gefallen? Bist Du überhaupt krank? Armes Mädele! Hast Du meinen Brief Deiner Mutter geschickt? Hast Du ihn bekommen? Warum warst Du so kurz angebunden am Telefon? Schenierst Du Dich? Weißt Du: jetzt wird es Frühling. Ein Doktor in München, der sehr viel gilt und selbst gute Stücke schreibt, findet den Spartakus genial. Er wird was dafür tun, und dann bekommen wir Geld. Er wird auch gedruckt werden: dann kannst Du's auch lesen. Er wurde doch nur für Dich geschrieben. Ich bin seit heut wieder in Augsburg, habe hier zu tun. Mit Cas bin ich übers Kreuz. In die Ateliers bin ich niemehr gekommen. Was tust Du immer? Hast Du meinen Brief, darüber daß ich nicht nach Kimratshofen will, sondern Du mir entgegenkommen sollst, und sei es auch nur bis eine oder zwei Stationen von Legau weg? Ist das nicht gut? Oder kannst Du's nicht? Bitte, nimm jedenfalls die Rechnung für März dann mit! Wenn es zu lang geht, dann schick sie! Ich weiß nicht, ob ich zu Deinen Eltern soll. Ich muß doch beleidigt sein!?! Ich hab Dich sehr lieb, Mädele; ich küsse Dir immer die Knie, heimlich, abends. Wann kann man wohl wieder zu Dir? Nächste Woche will ich bestimmt!

Dein Bert

Augsburg 4. 4. 19.

Schreib mir bitte nach Augsburg von jetzt ab!

12 Liebste kleine Bi,

ich weiß nicht, warum Du glaubst, ich habe Dich *nicht* mehr gern. Und ich weiß nicht, auf *was* ich antworten soll! Ich habe Dich *sehr* lieb, und ich komme, *sobald* ich kann. Aber nach Kimratshofen... weißt Du, *nicht* nach Kimratshofen. Ich könnte ja doch nicht bei Euch wohnen, und wir hätten keine Gelegenheit, allein zu sein, ohne Anstoß zu erregen. Schreib aber noch darüber! Wie geht es Dir sonst, Kleines? Ich habe nichts gegen rote Haare, das Kind kann sein wie es will. Du mußt es immer liebhaben. Ich bin nicht krank, habe aber viel zu tun und tue zu wenig. Jetzt bin ich in Augsburg auf drei Wochen, mit geringen Unterbrechungen. Es ist überall gleich langweilig. Ich war nicht grandig am Telefon, sondern *Du* warst grandig, und ich ärgerte mich darüber. Du hast also den Brief, den Du wegen der Ammerseeaffaire Deiner Mutter schicken sollst, immer noch nicht! Schreib mir gleich, wenn Du ihn hast. Ich gehe natürlich nicht an den See ohne Dich. Bitte, schreib mir recht bald, ich bekomme wenig Briefe von Dir, aber es wird an der Post liegen. Nummeriere wieder, fange mit 1 an und zwar hinten, auf dem Kuvert!

Dein Bert

Grüße von Orge und Otto, auch vom kranken Bez!

Ich glaube, daß es jetzt in der Literatur mit mir aufwärts geht. Hoffentlich verdien ich 20 000 Mark!

Augsburg 5. 4. 19

Liebste Bi, 13

ich habe mir die Geschichte mit dem Chambre separee in der Lechbuticke noch einmal angesehen und kann an meinem Urteil nichts ändern. Wenn Du meinst, ich müsse schon gleich meinen Mund halten, weil ich der Schlechteste bin, so ist erstens zu sagen, daß Du und Deine Mutter behaupten können, ich sei schlecht: denn mich kennt ihr leider, aber um sagen zu können, daß ich der Schlechteste bin, dazu müßten Deine Mutter und Du auch die andern kennen, und was das Urteil Deiner Mutter über die Harmlosigkeit meiner, hm, Freunde angeht, so kann mich dieses nur freuen, aber nicht weil ich dadurch eine bessere Meinung von meinen Freunden kriege, sondern weil Deine Mutter so eifrig Leute verteidigt, die ihre Mädchen in elende Schenken (geschlossene Nebenzimmer) schleifen. Dann kann Deine Mutter über mich nicht so ganz vernichtend urteilen. Aber ich kenne die Schenken und kenne die Leute, ich kenne die üblichen Ausreden und die harmlosen Gesichter, mein Gesicht ist nicht weniger harmlos, und ich kann Dir nur versichern: Für je schlechter man mich hält, desto mehr muß man auf mein Urteil hören: denn wenn ein verkommener Bursche wie ich etwas faul findet, dann muß es wirklich nicht fein sein; denn mir gesteht ja wohl Deine Mutter kein besonders empfindliches Urteil in derlei zu?! Natürlich gibt es Leute, die auch in Schnapskneipen (geschlossene Nebenzimmer) hinein mit Manchetten stiefeln und sich danach benehmen, geradeso, als ob sie auch ins Café hätten gehen können. Und natürlich gibt es auch Leute, die das jederzeit glauben. Es gibt überhaupt alles auf der Welt. Aber im allgemeinen trinkt man keine Milch in Branntweinbars und

zahlt keinen Mädchen Tee und Kuchen drinnen, weil man eine so verflucht hohe Meinung von ihnen hat. Und wenn die Geschichte auffliegt, dann fliegt es nicht auf, was in den Schenken (geschlossenes Nebenzimmer) getrieben oder gar *nicht* getrieben wurde (darüber wird kavaliermäßiges Stillschweigen gewahrt), sondern wer alles drin war, und dann kommen Vermutungen, die sich nicht aus der Harmlosigkeit der betreffenden Herrn, sondern aus dem Ruf des Lokals ergeben. Und wenn Hagg zuvor nur die *Vermutung* hatte, für Euch beide wäre so ein Lokal gerade fein genug, und Ihr würdet nicht umkehren, dann fand er sie nachher bestätigt, und vieles andere scheint ihm nimmer so ausgeschlossen. Wenn aber Deine Frau Mutter, der ich es wirklich nicht übelnehmen kann, meint, sie dürfe Dich nur gerade mit *mir* nicht fortgehen lassen, dann würde ich es ihr sehr ganz über die Maßen übelnehmen, wenn sie einmal dadurch zu der Meinung gebracht werden sollte, daß sie Dich immer gerade mit dem Mann nicht fortlassen sollte, mit dem sie Dich gerade fortgelassen *hat*.
Aber jetzt hast Du's wohl satt, liebe, kleine, dumme Bi, und ich kann aufhören, weise zu sein wie ein verkalkter Urgroßpapa. Du weißt, daß ich Dir nicht weiter übelgenommen habe – ich habe Dich auch viel zu lieb dazu. Ich habe Dich nämlich *wirklich* lieb!

Dein Bert

Ich schicke das ab, weil ich es doch schon geschrieben habe und nicht mehr davon *reden* will, wenn ich nach Augsburg zu Dir komme. Es wächst mir zum Hals heraus.
Bitte grüße Deine Mutter von mir, und sage ihr bitte, daß ich, wenn ich hinfort nichts mehr Schlechteres tue als um Deinen guten Ruf besorgt zu sein, nachdem ich daran schuld bin, daß er gefährdet wurde, immer noch recht gut unter die (minderen) Heiligen hineinpassen täte!

[Poststempel: 6. April 1919]

14 Liebste Bi,
verzeih, daß ich so unregelmäßig schreibe. Ich bin furchtbar überarbeitet. Auch kann ich trotz Deiner beweglichen Klagen nicht vor nächster Woche zu Dir kommen. Und wie ist es dann mit dem Wohnen. Ich kann wirklich nicht im gleichen Dorf mit Dir eine ganze Nacht lang ohne Dich schlafen. Ich habe ein Gedicht gemacht, dieser Tage, im Zug, das ist an Dich.

Als sie unschuldsvoll in Kissen
Weißen Kissen schuldlos lag
War sie so zum Schluchzen herrlich
Daß ich nicht dran denken mag.
Über uns war weiße Decke
Aber Himmel *über* der –
Wilder Himmel, blauer Himmel
Und erlöste die Begehr.
Und sie zitterte, ich glaube
Schon war Wiegen mir im Knie
Aber lang sah ich den Himmel
Und ich sah: ich darf es nie. –
Dies war Himmel. Aber Wolken
Weiße in der wilden Nacht
Die der Sturm trieb, die sich bangten
Sah ich – als sie halb erwacht
Halb im Schlaf die schwachen Arme
Hilflos lächelnd um mich schlang
Und mit ihr das milde warme
Leben selig an mich drang.

Das ist nicht sehr gut, aber vielleicht siehst Du, daß ich Dich liebhabe, auch wenn ich nicht bei Dir bin. Meine Affairen nehmen guten Fortgang, die beiden

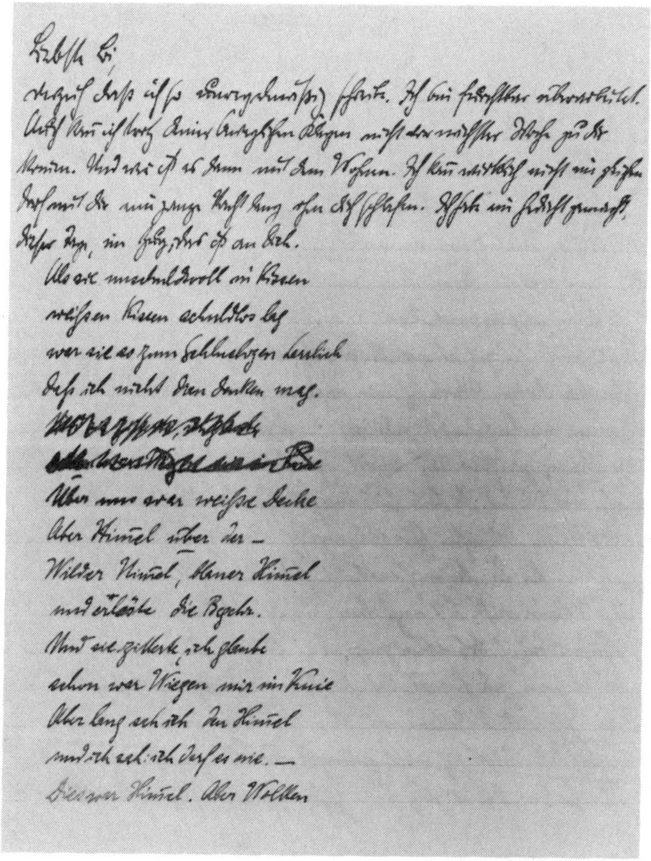
Liebste Bi,

[illegible]

Als sie wundervoll in den
weißen Kissen schuldlos lag
war sie so zum Schlucken herrlich
daß ich nicht dran denken mag.
~~[illegible]~~
~~[illegible]~~
Über uns war weiße Decke
Über Himmel über der –
Wilder Himmel, blauer Himmel
und erlöste die Begehr.
Und sie zitterte, ich glaube
schon war Wiegen mir im Knie
Aber lang sah ich den Himmel
und ich sah: ich darf es nie. –
Diesen Himmel. Aber Wolken

weiße in der wilden Nacht
die der Sturm trieb, die sich bogen
~~[illegible]~~ schrien – als sie halb erwacht
halb im Schlaf die schweren Arme
hilflos lächelnd um mich ~~s~~chlang
und mit ihr das milde warme
Leben selig an mich drang.

Das ist nicht sehr gut, aber vielleicht siehst du, daß ich doch [illegible] auch [illegible] [illegible]. Meine Affairen nehmen guten ~~[illegible]~~ Fortgang. Die beiden Dramen werden jedenfalls gedruckt, wahrscheinlich auch aufgeführt. Jetzt, wo Baal in zweiter [illegible] vorliegt, [illegible] sehr [illegible]. Es fehlt sehr viel Wasser. Die Leute sind nur zu begeistert. Heut hat mich der ~~[illegible]~~ Hoftheater-München-[illegible] oder das [illegible] [illegible]. Der Dr der mich entdeckt hat, scheint gute Arbeit zu leisten. Aber ich habe keine rechte Lust mehr daran [illegible]. Ich will neue Werke schreiben. Übrigens bin ich ~~[illegible]~~ wieder ganz guter [illegible] geworden. Freilich bin ich gegen [illegible] [illegible] und [illegible], [illegible]. Jetzt wird Widerstand mit allen Mitteln organisiert – aber wenn ihr [illegible] Augsburg nicht [illegible] und Blut vergossen hat, dann muß [illegible] sicher sein, daß ich, ganz hinten stehend und den [illegible] [illegible], [illegible]

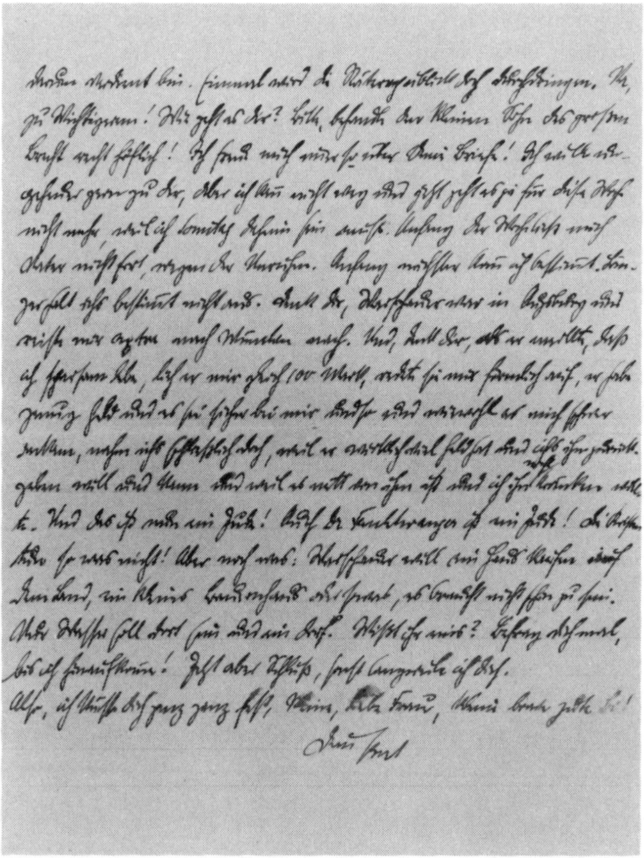
[illegible] bei. Einmal wird die [illegible] doch durchdringen. Ja,
zu Weihnachten! Wie geht es dir? Bitte, behandle den kleinen [illegible] als großen
[illegible] nicht schlecht! Ich freue mich unendlich über Deinen Brief! Ich würde un-
geheuer gern zu dir, aber ich kann nicht weg und jetzt geht es ja für diese Woche
nicht mehr, weil ich [illegible] für [illegible]. Anfang der Woche [illegible]
[illegible] nicht fort, wegen der [illegible]. Anfang nächster kann ich bestimmt. [illegible]
[illegible] bestimmt nicht mehr. Denk dir, [illegible] war in [illegible] und
[illegible] auch München auch. Und, denk dir, als er wollte, daß
ich [illegible], lieh er mir gleich 100 Mark, redete sie mir förmlich auf, er habe
genug Geld und es sei sicher bei mir [illegible] und machte es mich [illegible]
[illegible], weil er wirklich [illegible] und ich [illegible] gedruckt
haben will und [illegible] und weil es [illegible] ist und ich [illegible]
te. Und das ist nur ein Jude! Auch der Feuchtwanger ist ein Jude! Die [illegible]
[illegible] sie nicht! Aber noch was: [illegible] will ein Haus kaufen auf
dem Land, ein kleines Bauernhaus [illegible], es braucht nicht schön zu sein.
[illegible] soll dort sein und ein Dorf. Weißt du eins? Erkundige dich mal,
bis ich herauskomme! Jetzt aber Schluß, sonst langweile ich dich.
Also, ich küsse dich ganz ganz fest, meine, liebe Frau, meine kleine gute Bi!
Dein Bert

Dramen werden jedenfalls gedruckt, wahrscheinlich auch aufgeführt. Jetzt, wo dies in greifbare Nähe rückt, sehe ich es sehr pessimistisch an. Es fällt sicher ins Wasser. Die Leute sind mir zu begeistert. Heut hat mich das Hoftheater – München schon thelegraphisch um das Baalmanuskript gebeten. Der Doktor, der mich »entdeckt« hat, scheint gute Arbeit zu tun. Aber ich habe keine rechte Lust mehr dran hin. Ich will was Neues schreiben. Übrigens bin ich vollens ganz zum Bolschewisten geworden. Freilich bin ich gegen jede Gewalt, und da ich hier Einfluß habe, kann ich da einiges tun. Jetzt wird Widerstand mit allen Mitteln organisiert – aber wenn ihr hört, daß Augsburg nicht gekämpft und Blut vergossen hat, dann kannst Du sicher sein, daß ich, ganz hinten stehend und den meisten unsichtbar, sehr darum verdient bin. Einmal wird die Räterepublik doch durchdringen. Na, zu Wichtigerem! Wie geht es Dir? Bitte, behandle den kleinen Sohn des großen Brecht recht höflich! Ich freue mich immer *so* über Deine Briefe! Ich will ungeheuer gern zu Dir, aber ich kann nicht weg, und jetzt geht es ja für diese Woche nicht mehr, weil ich Sonntag daheim sein muß. Anfang der Woche ließ mich Vater nicht fort, wegen der Unruhen. Anfang nächster komm ich bestimmt. Länger halt ich's bestimmt nicht aus. Denk Dir, Warschauer war in Augsburg und reiste mir extra nach München nach. Und, denk Dir, als er merkte, daß ich sparsam lebe, lieh er mir gleich 100 Mark, redete sie mir förmlich auf, er habe genug Geld, und es sei sicher bei mir und so, und wiewohl es mich schwer ankam, nahm ich's schließlich doch, weil er wirklich viel Geld hat und ich's ihm zurückgeben will und kann, und weil es nett von ihm ist und ich ihn nicht krän-

ken wollte. Und das ist nun ein Jude! Auch Dr. Feuchtwanger ist ein Jude! Die Christen tun so was nicht! Aber noch was: Warschauer will ein Haus kaufen auf dem Land, ein kleines Bauernhaus oder sowas, es braucht nicht schön zu sein. Nur Wasser soll dort sein und ein Dorf. Wißt ihr eins? Befrag Dich mal, bis ich hinaufkomme! Jetzt aber Schluß, sonst langweile ich Dich.
Also, ich küsse Dich ganz ganz fest, kleine, liebe Frau, kleine brave gute Bi!

Dein Bert

15 Liebste Bi.
Vielen Dank für Deinen Brief. Ich will mir Anfang
nächster Woche anschauen, wie so ein rechtes dik-
kes, braunes Bauernmädel ausschaut. Hier regnet es.
Hab ich Dir schon geschrieben, daß ich telegrafisch
vom Münchener Nationaltheater gestern gebeten
wurde, meinen Baal zu bringen? Aber ich freue mich
gar nicht so sehr, wie diese Sache es verdienen
würde. Ich weiß nicht warum, wahrscheinlich, weil
Du nicht da bist und ich Dich brauche, um mich über
was freuen zu können. Weißt Du, wenn ich Dich
nachts nicht wenigstens auf eine Zeitlang haben
kann, kann ich geradesogut auch im Wirtshaus woh-
nen. Ich glaube, wir *können* gar nimmer bös sein;
also darum ist es mir nicht so sehr zu tun. Ich will
Dich nur eben einfach haben – im Arm und nah da
und in der guten Dunkelheit, und wo man allein und
ruhig sprechen kann und alles sagen kann und viel
Zeit vor sich hat. Und wann können wir das jemals
wieder? Ich habe sehr viel zu tun, und vor allem ist es
ziemlich wichtig, daß ich von München aus jederzeit
erreichbar bin. Das bin ich in Kimratshofen nicht.
Auch kann ich von da nur einmal am Tag wegkom-
men. Das ist sehr ungünstig. Jedenfalls werde ich
mal in Gottes Namen nach Kimratshofen kommen
und dann weitersehen. Am besten wäre es, wir füh-
ren auf etwa zwei Tage nach Memmingen. Dort
wäre ich leichter erreichbar – und vor allem wärest
auch *Du* dort leichter – erreichbar. Hm? Na, wir
werden sehen. Fricks geht's nichts an.
Ich werde wohl am Montag kommen. Ob ich Dich
am Sonntag vormittag anrufen kann, hängt sehr
davon ab, ob man *überhaupt* telefonieren kann usw.
Rufe ich *nicht* an, heißt das noch nicht, daß ich nicht

komme. Ich komme wohl bestimmt, denn ich halt's nicht mehr länger aus.
Trotzdem bin ich sehr froh, daß Du auf dem Land bist und da, wo Du Ruhe hast vor der Politik. Die Räterepublik wird vielleicht nicht mehr lange dauern. Aber dann wird sie wiederkommen, und ihre erste Zeit wird nicht schön sein. Ich glaube, Du wirst einmal ebensoviel, genau ebensoviel Mitgift bekommen wie jedes andere Mädchen im neuen Staat: nämlich gar keine. Das macht aber nichts, sondern es ist recht gut. Dann kommt es höchstens *da*rauf an, ob ein Mädl gut ist oder schlecht, faul oder fleißig, aufopfernd oder selbstsüchtig, treu oder charakterlos. Und da Du doch hoffentlich gut, fleißig, aufopfernd und treu bist, hast Du einen großen Vorsprung und bist den besten Mann wert, den es je gegeben hat, gibt und geben wird. Und wer das ist, das ist gar nicht fraglich.

Dein lieber Bert.

Mußt Du viel aushalten? Schreib Dir auf, was Du mir sagen willst! Daß Du ja nichts vergißt! Wohin darf ich Dich küssen?
Auf den Mund?
Daß Du das sagst, hab ich mir doch denken können. Darum soll man nicht fragen.
Du hast Recht, wenn Du auch Papier sparst. Aber deshalb könntest Du an Deine Briefe schon einen Schluß hinmachen. Du kannst ja Deinen Namen noch auf einen Zeitungsrandfetzen unten hinpappen!
Bitte grüß mir Fricks recht schön!

[Poststempel: 16. April 1919]

16 Liebste Bi.

Jetzt besinne ich mich, wie ich es machen muß, Dir so zu schreiben, daß es nicht bös aussieht, denn sonst kriege ich keinen Kuß mehr, und ich hab Dich grad so lieb, daß ich ein bissel bös bin und an Deine Knie denke. Aber was hat denn der Pfarrer gesagt? Spricht er noch salbungsvoller als ich? Ich wollte lieber, Du gingest zum Arzt; das ist der bessere Idiot. Das mit der Partie ist sehr vielversprechend. Du mußt zugreifen; ich werde Hausfreund. Zur Hochzeit kriegst Du von mir einen Lampiong. Hier ist es immer gleich. Es regnet, und ich reite auf meinen Dramen herum. Dabei liege ich auf dem Diwan. Die großen Dichter liegen immer auf dem Diwan. Deine Fotografie habe ich visàvis aufgenagelt und dann wieder weggerissen. Weil ich sie immer ansah. Jetzt ist es mir fast drei Wochen lang schlecht gegangen, aber heut ist es besser, und ein Licht scheint durch die Finsternis. Kannst Du bis nächsten Montag warten? Ich habe das Kind gern; er lebe hoch, Walter der Rothaarige! Jetzt ist der Brief fertig.

Ich küsse Dich ganz lang, stell es Dir genau vor, mach die Augen zu, gehnaherher zu mir, küß ein bissel mit, und mach ein helles Visäschchen!

Dein Bert.

München 21. Juli 19

Liebe Bi, 17
jetzt schreibe ich den dritten Brief, habe aber erst einen erhalten. (Der kühl war wie ein Geschäftsbrief...)
Es hat sich wenig zugetragen; ich habe gut gearbeitet, geschrieben und diktiert. Die Reise nach Starnberg und München mußte immer wieder aufgeschoben werden. Etwas Unangenehmes ist, daß die Lotte Hagg, sowie ihre Mutter, scheints Schwätzereien macht, Mutmaßungen, die wir aber bald abstellen werden und zwar auf eine besondere Art. Hohenester hat sich nach Dir erkundigt, nach dem Mädchen, das mit mir am Samstag ging, und gesagt, Du seiest das hübscheste Mädl Augsburgs. Aber das brauchst Du nicht zu glauben, sonst wirst Du größenwahnsinnig.
Was tust Du immer? Sitzt Du viel in der Sonne? Das mußt Du und Milch trinken und den Frank ausfahren. Wenn *Du* nicht schreiben willst, brauchst Du nicht; ich will nicht, daß *Du* Dir zu viel Mühe gibst. Ich habe Dich sehr gern, immer und überall, ich weiß manchmal nicht warum, aber ich habe Dich immer gern, *mit* Deinen Fehlern und denen Deiner ganzen Familie, auch wenn es einen trifft und man etwas erstaunt ist... darum küß ich Dich auf den Mund, heute am Samstag abend und Sonntag wird keine Post ausgetragen. Montag früh muß ich fort, und dann komme ich Dienstag nachts heim. Bis dahin denke ich nach, warum Du nicht schreibst.

Dein Bert.

Augsburg, Samstag abend im August 19.

Ich hab Dich lieb!

18 Liebste Bi.
Nun ist es wirklich Dienstag geworden, aber von Dir ist auch noch nichts da, und da brauch ich mich also nicht zu schämen. Hoffentlich bist Du gut nach Kimratshofen gekommen. Daß Du stehen mußtest, geschieht Dir recht, ich konnte mich wirklich nicht beherrschen, so ärgerte ich mich. Aber jetzt habe ich viel gearbeitet, es nimmt alles einen guten Fortgang. Ich war bei Deinen Eltern, und wir machten aus, daß Blanka sofort nach Immenstadt schreiben soll, weil es doch besser ist, wenn Du im Winter fortgehst, es könnte doch Gerüchte geben. Und dann ist es unbedingt nötig, daß Du besser aussiehst. Dein Vater sagte, als ich dort war – er machte viele Spässe und sprach ganz nett von Dir, ich war ganz erstaunt –: »So schnell geht das nicht, die kann jetzt noch nicht besser aussehen, das ist auch keine Zeit, das gibt sich schon. Und jetzt soll sie halt fort, dann heißt's: Die ist immer fort, das fällt nimmer auf, dann sind die Leut auch still. Und gesund ist sie ja. Dann ist *die* Sache erledigt!« (Das ist fast wörtlich.) Iß also möglichst viel und trink Milch! Ich habe Dich immer sehr lieb, und dem Frank mußt Du einen Kuß geben. Hoffentlich hältst Du es solang aus, bis Du erholt bist!
Ich küsse Dich also recht fest.

Dein Bert

[Poststempel: 9. September 1919]

Liebe Bi, 19
ich finde nicht, daß Du besonders viel schreibst. Bis jetzt habe ich *einen* Brief, und auf den ist schwer zu antworten. Er enthält das Zugeständnis, daß *Du* auch weißt, daß Dein Benehmen gegen mich anders ist als früher, und Du sagst, komischerweise, das sei deshalb, weil *ich* glaube, Du hättest mich nimmer so lieb. Derweil aber glaube ich das nur, *weil* Du anders bist. Aber lassen wir das!
Hier ist nicht viel los. Ich arbeite ziemlich viel. Bis jetzt sind vier Einakter fertig, die zwei neuen sind aber ja doppelt so groß als die ersten. Nachts sind wir am Lech, Orge und ich. Mein Vater, dem Dein Vater geschrieben hat, wird mit ihm dieser Tage sprechen. Sonst weiß ich nichts. Anfangs nächster Woche muß ich nach München und Nürnberg.
Hoffentlich geht es Dir und dem lieben Frank gut! Sieh immer zu, daß Du möglichst lang oben bleiben kannst! Hast Du noch Krach gehabt mit dem Gendarm? Gib nur nicht nach, und zahl *ja* nichts! Die Städte haben gar kein Recht mehr, den Zuzug zu sperren, und du *bist* zugezogen, also nicht mehr fremd.
Ich küsse Dich also.

Dein Bert.

[Poststempel: 12. September 1919]

20 Liebste Bi,

vielen Dank für Deinen lieben Brief! Entschuldige, daß ich nicht so schnell schreiben konnte! Ich mußte ziemlich viel arbeiten. *Es* gefällt mir gar nicht hier, und ich freue mich sehr auf Augsburg. Hat Dich Bez noch fotografiert? Ich habe ihn dringend darum gebeten. Ich muß doch möglichst viele Bilder von Dir haben! Ich habe Dich sehr lieb. Jetzt habe ich also mit Dreimasken Vertrag gemacht und arbeite an mehreren Stücken zugleich, denn ich will doch unbedingt Geld verdienen. Aber all das dauert so lang! Georg Wolf habe ich kurz getroffen; hatte aber gerade wieder keine Zeit. Er sah ein bischen wie ein greenhorn aus, weißt du. Jetzt küsse ich Dich fest auf den Mund, liebe kleine gute Bi,

Dein Bert

Grüße von Cas.
Bitte grüß auch Deine Frau Mutter und Blanka!

[Poststempel: 22. Oktober 1919]

Liebste Bi, 21
ich werde jeden Abend um 8 Uhr Dir einen langen Kuß geben. Und meine Lippen werden süß schmekken: denn zuerst esse ich ein Stück von Deinem Kuchen. Der ist wunderbar und wäre schon Dienstag total aufge-fressen worden, wenn ich nicht sechs Schnitte hineingemacht hätte, für jeden Tag einen. Jetzt muß noch jeden Tag ein Brief kommen, dann bin ich zufrieden und grunze jeden Tag eine Viertelstunde lang vor Glückseligkeit. Turne nur recht fleißig, aber gib acht, daß es Dir nicht schadet, wie aller blinder Eifer! Wenn ich am Sonntag nicht heimkomm, dann mußt Du daheimbleiben und für mich beten. Die Kraft Deines Gebetes wird mich stärken, daß ich drüber hinüberkomme. Spielst Du viel Klavier? Und dann sollst Du auch mehr singen. Du hast eine recht gute, brauchbare Stimme. Lerne vor allem die Lönslieder auswendig! Dein Urteil über Niels Lyne ist recht annehmbar. Wenn Du neue Bücher brauchst – lies nur sooft Du Zeit hast – dann rufe Müller an. Der soll bei mir welche holen!
Ich freue mich sehr auf Dich, vielleicht geht Samstag doch ein Zug.
Morgen abend rede ich mit Steinrück wegen Baal. Er war gestern sehr nett. Er hielt einen Vortragsabend, sah mich im Foyer unter vielen feinen Leuten und nahm mich unterm Arm. In einem Jahr werde ich *ihn* unterm Arm nehmen.
Ich habe Dich immer lieb, es ist eher arg als angenehm, wenn ich Dich nicht da habe. Jetzt küsse ich Dich!

Dein Bert

München 4. 11. 19.

22 Liebste Bi,

ich danke Dir für Deinen Brief. Hast Du meinen ersten schon? Ich habe alle Hände voll Arbeit, ich werde nächstens noch die Füße eintrainieren müssen, und jetzt ist George noch da, und alle haben meine Bude zum Vereinslokal ernannt. Ich freue mich sehr, daß es jetzt bei Dir daheim ruhiger ist, und ich bitte Dich flehend, sei sanftmütig und nett zu Deiner Mutter, sonst verdirbt sie Dich noch, indem sie Dir weiterhin solange sagt, Du seiest schlecht, bis Du's selbst glaubst, und dann bist Du verloren. Ich habe noch niemand gekannt, der dadurch, daß man ihn überzeugte, er habe nicht etwa einen Fehler begangen, durch den er sich (sich selbst, niemand sonst) ins Unglück brachte, sondern der Fehler liege in ihm, ich kenne keinen, der dadurch sich bekehrte, denn was schlecht ist, kann nicht besser werden, ebenso wie aus einer Kartoffel keine Aprikose werden kann – auch nicht durch die raffinierteste Überredungskunst. Wenn ein Mensch zu glauben anfängt, er sei schlecht, dann bekommt er damit einen ganzen Haufen Entschuldigungsgründe und faule Ausreden in die Hand, und er meint in Zukunft bei jeder Dummheit, er kann nichts dafür. Also verwahre Dich dagegen, daß Du schlecht genannt wirst. Denn Dummheiten werden in den seltensten Fällen von *schlechten* Menschen gemacht. Und eine Mutter hat die Pflicht, über Dummheiten der Kinder herzufallen, aber keine Mutter hat deswegen das Recht, die *Ehre* ihrer Kinder herabzusetzen. Das beste ist, Du bist so nett daheim, daß Du es Dir leisten kannst, Dich zu beschweren, wenn Angriffe gegen Dich über das Maß hinausgehen. Dann brauchst Du nicht an die Grenzen des Landes zu fliehen, wo man auf

Deine Fotografie Gewicht legt und Dir dafür Taschengeld zahlen will, daß Du was lernst.
Ich kann erst Sonntag früh kommen, weil am Samstag abend hier ein ziemlich sicherer Radau im Theater zu erwarten ist, zu dem ich nicht fehlen will. Ich hoffe, daß es richtig zugeht und ich wieder einmal ordentlich pfeifen höre. Dafür bleibe ich den Montag in Augsburg.
Was hat Deine Mutter von dem Projekt München gesagt? Bettle halt ein bischen oder sag ihr, sie soll selber mitkommen, ich habe immer noch den Glauben, daß ich mit eventuellen Frau Schwiegermutter ganz gut auskomme; wenn sie mir auch jetzt noch scharf auf die Finger sieht, was immerhin ihre Pflicht ist.
In allen Scherereien hier, unter Papierstößen begraben, von spitzigen Ellbogen durch die Garderoben gestoßen, mit schlechtem Essen gefüllt, freue ich mich die ganze Woche auf Dich und arbeite immer mit der Hoffnung: einmal bekomm ich Dich dadurch.
Vorerst aber küsse ich dich tüchtig.

Dein Bert

München 4. 12. 19.

Bitte grüß Deine liebe Mutter von mir und auch die Blanka!
Einen schönen Gruß von George!

23 Liebste Bi!

Ich suche einen Stoff für diesen Brief, wie ein Bräutigam am Hochzeitsmorgen einen Kragenknopf sucht, wenn die Zeit schon abgelaufen ist, und er muß den Knopf haben, sonst kann er nicht heiraten. Es passiert gar nichts. Ich sitze über meinen ewigen Plänen, und das beschriebene Papier häuft sich in meiner Schublade, die voll Geld sein muß, wenn ich sie später einmal aufziehe. Du weißt gar nicht, wieviele Verrücktheiten, über die Du jetzt den Kopf schütteln würdest, und Dinge, die Dir nie gefallen werden, ich mir jetzt ausdenken muß, daß ich einmal das tun und das sein kann, was Dir gefällt.

Lernst Du jetzt das Weißnähen? Daß Du wenigstens einmal das Hungertuch, an dem wir nagen, besser nähen kannst als irgend eine andere Frau! Du solltest alles besser können als irgend eine andere Frau, das Tanzen und das Kochen, das Beten und das Die-Dienstmädchen-Ausschimpfen. Eine Frau, die auf ihrem Gebiet (und das sind ihre vier Wände) alles leistet, kriegt ganz von selbst ein richtiges Ansehen, und wer mit Waschfrau und Milchmann auskommt, die macht kein Mann mehr dumm. Du mußt wissen, daß die Männer (ich ausgenommen) sich wie Lämmer benehmen, wenn man sie wie Schafe behandelt, aber daß sie sich (mit *einer* Ausnahme, nämlich mir) wie Schweine aufführen, wenn man sie wie Löwen behandelt. Eine Frau, die einem Achtung vor ihr beigebracht hat, führt man in keine Schnapsschenke in den Lechgäßchen zu einer zweifelhaften Gesellschaft, wozu die Herrn ihre Schwestern *nicht* mithinführen, und wo Mädels hypnotisiert werden, was von der Polizei verboten ist. Ein Mädchen, das vor so einem Lokal umkehrt, wird vielleicht weniger »An-

beter«, aber sicher mehr Freier an sich ziehen. So, der Hieb sitzt. Du bist ein Kind, und darum nehme ich Dir das *ein*mal nicht ganz übel. Aber ich verbitte es mir für das zweitemal.
Man muß vorsichtig sein, Du. Vor einem Jahr war die S. R. noch ein unbeschriebenes Blatt, aber dann ließ sie sich in Kneipen mitziehen, weil sie ihrer selbst sicher war und sich »überall« anständig aufführen konnte. Und jetzt klitscht man in der Bitschlinstraße aus, soviel Leute haben dort ausgespuckt. –
Hier ist es verflucht fad. Vorige Woche gab es einen Theaterskandal, jetzt ist es ruhig, und man kann wieder schlafen im Theater. Hoffentlich hast Du neulich, Montag, nicht Vorwürfe gekriegt, weil wir einen Umweg gemacht haben. Aber Deine Mutter wird doch einsehen, daß Du einem (schönen) jungen Mann auf dem geraden Weg zur Bahn, mitten auf der Straße, keinen Abschiedskuß geben kannst! Ich habe dafür den Zug versäumt und bin eine Stunde lang auf dem windigen Bahnsteig von einem Fuß auf den anderen getreten, und dann mußte ich alle Nudeln im Zug aufessen, die für die ganze Woche langen sollten! Daran bist *Du* schuld; aber ich verzeihe es.
Jetzt darf ich aber Schluß machen, es sind vier Seiten und gespickt mit Gemeinheit, hm? Ich habe Dich aber so lieb, daß Du es mir verzeihen mußt, wenn ich hochgehe, wenn Du einen Fehler machst. Ich denke immer an Dich und küsse Dich hiermit nachdrücklichst.

Dein Bert

Grüße bitte Deine Mutter und Blanka!

München 10. 12. 19.

24 Liebste Bi,
jetzt sitze ich zwei Tage in München, und es ist gar nichts geschehen. Das einzige, was passiert, ist: daß mein Bart wächst. Ich arbeite gerade viel an den letzten Korrekturen zu Baal, der in die Druckerei muß. Was tust wohl Du? Besuche doch wieder meine Mutter! Zwischen meine Arbeit durch rede ich immer mit Dir, und abends denke ich ausgiebig an Dich. Heut ist fast Lenzenwetter, und ich kann es nicht aus dem Kopf bringen, wie wir in den Lechauen im Frühjahr herumspazierten und alles voll Sonne war! Wenn Du da bist, weiß ich immer eine ganze Menge, aber schreiben kann ich nichts. Es werden auch wohl kaum mehr als zwei Briefe. Hast Du noch Leibschmerzen? Dann mußt Du zum Arzt. Wenn man krank ist, kann man nicht leben. Daß Du die vielen Leute geküßt hast, habe ich noch nicht ganz verdaut. Es ist eigentlich schändlich. Ich führe mich viel besser auf. Aber ich hab Dich doch lieb und muß ein wenig lachen: Ich hätte Dich dabei sehen mögen! Deine Wollschuhe habe ich manchmal vormittags an, weil ich dann nicht mal Strümpfe anziehen muß. Das ist das hohe C der Faulheit, und ich danke Dir dafür. Aber mit dem Federhalter schreibe ich nicht. Der ist zu gut. Du, wann ist Dein Namenstag? Wenn Du es nicht schreibst, dann sage ich, Du bist kokett. So, dann hast Du's!
Ich hab Dich lieb!

Dein Bert

München, Januar 20.

Ich soll Dich von Cass grüßen.
Du, der hat gesagt (auf Ehr und Seligkeit), Du seist viel hübscher geworden seit zwei Jahren. Das habe er neulich im Kino »konstatiert«. Er ist manchmal ein Idiot, aber manchmal kapiert er doch was Wahres!
Grüß mir Deine liebe Mutter, und sag ihr das vom Cas!

B.

[Poststempel: 13. Januar 1920]

25 Liebste Bi,
mein Zimmer ist eiskalt, ich kann kaum schreiben mit den steifen Fingern. Heut nacht hab ich immer von Dir geträumt, ich weiß nur nimmer was, aber es muß schön gewesen sein. Ich sehe Dich immer noch in dem Dirndlkostüm, und ich bin sehr gespannt, wie das Deine aussieht. Du bist wirklich gar nicht so ganz häßlich!
Hier ist nichts los, und ich freue mich sehr auf Augsburg. Hoffentlich hält das gute Wetter an. Sorge habe ich gar keine mehr. Ob das der Frühling ausmacht, daß ich Dich immer ganz gleichstark liebhabe?
Vielleicht können wir am Samstag tanzen?
Freitag fahre ich zu Hanns Johst hinaus.
Hast Du nach Karlsruhe geschrieben? Schreib doch auf *jeden* Fall! Schon wegen des Zeugnisses und dann: wegen des Umgangs dort! Ich will auch bei Johsts fragen. Das wäre am besten. Du würdest was lernen, und es wäre auch nicht zu fad.
Ich habe Dich sehr sehr lieb.

Dein Bert.

Grüß mir die Blanka!
Ich mag sie wieder viel lieber, seit sie mir den Gefallen mit Deinem Namenstagsdatum getan hat!
Ich küsse Dich sogar ein wenig auf den Hals, liebe, kleine liebe Bi!
Hast Du mich lieb?

[Poststempel: 28. Januar 1920]

Liebste Bi, 26

in dieser Stadt kommt man zu gar nichts, weil die Entfernungen so groß sind. Wenn man in ein Theater will, muß man in seiner Jugend aufbrechen, um im Silberhaar dort zu sein. Um einen Brief zu schreiben, hatte ich bisher keine Zeit und war keine Minute allein.

Aber jetzt bekomme ich großen Appetit auf einen Brief von Dir, und drum stehle ich frühmorgens zehn Minuten und schreibe. Ich habe Dich immer sehr lieb, und ich komme auch bald wieder heim – etwa morgen, Mittwoch, in einer Woche.

Bist Du recht brav daheim? Wegen mir mußt Du keine Sorge haben, ich habe keine Zeit, anders zu sein.

Hast Du das mit Otto Müller besorgt, wegen der Fotos? Hat Cas Dein Band gemalt? Was tust Du immer?

Geh doch mitunter zu meiner Mutter! Sie freut sich immer, wenn Du kommst. Sag, Du sollst einen Gruß von mir ausrichten!

Hast Du Deine Kupferpfanne wieder? Es ist *unsere* Kupferpfanne, und Du kannst sie niemand abtreten als mir, das hast Du versprochen!

Die Fahrt war endlos. Daß Du früh an den Zug kamst, war so schön von Dir. Ich freute mich lang darüber. Entschuldige um Gottes Willen, daß ich Dir nicht ordentlich adieu sagen konnte in dem Trubel! Ich hatte mir vorgenommen, Dich zu küssen. Aber dann hatte ich einen Koffer zuviel in der Hand und Angst, nicht mehr mitzukommen. Und Du hättest wohl tüchtig geschimpft? Aber jetzt küsse ich Dich dafür ganz laut und fest auf den Mund! Und jetzt nochmal!

Dein Bert

Bitte, schreib gleich! Setz Dich gleich hin!
Grüß auch Deine Mutter von mir!

Berlin W. 30
Eislebenerstr. 13 bei Warschauer

Dienstag früh im Februar 20.

[Poststempel: 25. Februar 1920]

Liebe kleine gute Bi, 27
warum schreibst Du gar nicht? Hast Du meinen Brief denn noch nicht? Es war der erste Brief, den ich hier schrieb. Ich wohne sehr gut, nur etwas kalt. Die Tage vergehen langsam, die Abende in den Theatern schnell. Ich laufe durch alle Warenhäuser, und Museen meide ich dafür. Aber was tust Du? Allmählich krieg ich immer mehr Sehnsucht nach Dir: ich soll noch über eine Woche bleiben. Aber solang halt ich's bestimmt nicht aus. Niemand schreibt mir. Ich sitze wie auf einer Insel. Und mitten in dem ungeheuren Häuserhaufen, dem Tohuwabohu der Autos, Bahnen, Theater hab ich Dich sehr lieb und freue mich immer, daß es Dich gibt. Es ist gar nicht verzeihlich, daß Du nicht schreibst oder daß Du so spät erst schreibst. Ich bereue sehr, daß ich Dir auf dem Bahnhof keinen Kuß gegeben habe. Aber Dir ist es wohl gleichgültig! Und Du darfst mir nicht zu viel bussieren, hörst Du! Ich will nicht hören, daß Du es ausnützt, wenn ich einmal fort bin! Ich selber bin wie ein Lamm, direkt zum Ausstellen!
Gibt es nichts Neues in Augsburg?
Hast Du Deine Kupferpfanne? Das ist der Grundstock unseres Haushalts.
Bitte, kauf keinen neuen Hut, vor ich dabei bin!
Ich habe Dich sehr sehr lieb, nehme Dich fest in den Arm und küsse Dich ganz langsam und ausgiebig, und dann streich ich Dir das Haar aus der Stirn und küsse Dich nochmal!
Dann küsse ich Dich noch ein drittes Mal!

Dein Bert

Bitte grüß Deine liebe Mutter und Deine Schwester!
Auch *meine* Mutter kannst Du von mir grüßen!

Berlin 29. 2. 20

Liebe Bi, 28

ich bin gestern nachts nach dem Theater durch den dunklen Tiergarten geschwankt, denn die Luft war so warm und weich, daß man davon etwas wie einen Rausch kriegt, und da hatte ich so stark das Gefühl, daß Du nicht bei mir bist, daß ich meinte, es fehle mir ein Arm oder ein Fuß. Ich lebe wie auf einer Insel. Du hast erst *einen* Brief geschrieben, der war lau und ohne Inhalt: als hättest Du mich nimmer lieb. – Mir kann das ganze Berlin gestohlen werden, aber vorher muß ich noch ein paarmal in die Theater, die für mich wichtig sind. Montag komme ich ziemlich bestimmt heim. Freust Du Dich nicht, weil Du nicht schreibst? Wenn ich daran denke, dann ist es mir, als hätte ich einen Kloos im Hals, so lieb hab ich Dich. Ich will jeden andern Tag deshalb abfahren, aber es wäre eine Sünde, denn ich lern hier *sehr* viel, und dann bin ich das ganze Frühjahr daheim.

Aber Du hast wohl keine Zeit zu schreiben?

Liebe liebe kleine Bi, ich küsse Dich jeden Abend, überall hin und ganz wild.

Dein Bert

Berlin 3. 3. 20.

29 Liebste kleine Bi,
ich sollte tief beleidigt sein über Deine Herzlosigkeit, mir wochenlang nicht zu schreiben. Daß Du glaubtest, ich käme am Mittwoch, entschuldigt Dich nur mangelhaft, ich bin gewaltig erbost. Aber ich habe Dich zu lieb, das ist ein großer Fehler!
Ich kann so leicht nicht von hier loskommen!
Erstens ist Steinrück hier, und ich will ihn bearbeiten für mich. Zweitens ist die Reise sündteuer, und ich muß das Theater ausnützen. Und dann kriege ich erst Montag die Abschriften von »Baal« vom Verlag, die ich hier brauche.
Und ich ginge so gern heim!
Otto schickte mir zwei Fotos: Du und ich. Sind die andern, besonders die von Frank, gar nichts? Das wäre schändlich! Ich hatte mich so darauf gefreut! Aber am wichtigsten war doch die von Dir, Du weißt! Ist die auch nichts?
Vor Mitte nächster Woche kann ich nicht heim: es *geht* nicht.
Ich habe Dich immer sehr lieb. Es gibt hier viel mehr hübsche Mädchen als in München, aber ich bin Dir ohne große Mühe treu (obwohl ich überall Chancen habe, weil ich so »indressssand« bin!). Aber Du nimmst es immer noch spielend mit ihnen auf!
Nächsten Sonntag bin ich ganz sicher bei Dir!!!!

Je länger ich ohne Dich sein muß, desto inniger freue ich mich auf Dich. Tröstet Dich das gar nicht? Aber Du mußt mir noch schreiben! Gelt, Du mußt mir noch schreiben!!!

Dein Bert

Ich küsse Dich recht sehr.
Grüß Deine Eltern bitte von mir!
Und Blanka!

[Poststempel: 7. März 1920]

30 Liebe kleine gute Bi,
vielen Dank für Deinen Brief.
Es ist schrecklich, aber ich komme nicht los von hier. Es ist noch einiges hier zu erledigen, rein Geschäftliches, das sich so lang hinzieht.
Du darfst Dich auf keinen Fall deportieren lassen, vor ich heim komme. Johst hat für April Antwort versprochen. Die mußt Du abwarten – unbedingt.
Du darfst nicht glauben, ich habe *Dich* zu wenig lieb, weil ich mein Heimkommen immer wieder verschiebe. Ich denke immer an Dich, jede Stunde, und, seit ich mich hier eingewöhnt habe, bist Du der einzige Grund, warum ich nie zufrieden bin und immer heim will.
Ich bin hier unbeschreiblich brav. Es ist gar nichts los in der Beziehung, ich habe absolut keine Zeit für so was. Und ich habe auch keine Lust: Warschauer sagt: Sie *sind* ja gar kein Dichter! Ein Dichter und treu!!! (Das ist buchstäblich wahr!)
Willst Du wissen, was ich immer tue? Ich stehe um 8 Uhr auf und lese bis 10 Uhr. Dann telefoniere ich bis ½11. Dann geh ich aus, in die Bibliothek oder den Verlag, und um ½3 Uhr esse ich zu Mittag, meist hier im Haus. Das dauert bis 4. Dann macht man Musik oder arbeitet, und abends ist man im Theater. Nachts aber, besonders nachts, vor dem Einschlafen, da hat man die Hauptsehnsucht nach Dir.
Wenn Du zu meiner Mutter kommst, dann grüß Sie mir bitte! Ich hoffe, daß es Frank gutgeht. Anfangs April werde ich ihn wieder besuchen! Gehst Du da mit?

Ich freue mich so sehr auf Dich, liebe, kleine, gute Bi!

Dein Bert

Berlin, ich weiß nicht der wievielte März 1920.
Grüß Deine Mutter von mir!

31 Meine liebe kleine Geiß,
ich danke Dir für Deinen Brief, der so schrecklich lang nicht kam, und für die Photographie, auf der Du so schön dumm aussiehst. Ich habe doch alle Deine Bilder hier – bis auf das bei Otto im Kimono, an dem Vorhang, kannst Du mir das nicht auf kurz schicken? Ich sehe Dich immer, viele Male am Tag, wenn ich die Briefmappe aufmache. Hier ist es kalt, jetzt regnet es auch noch, und ich bin soviel unterwegs – in den Proben bei Reinhardt usw. Auch werde ich jetzt wahrscheinlich mit dem Verlag Erich Reiß einen Generalvertrag abschließen, aber ich habe die Auswahl zwischen dem und dem Verlag Kiepenheuer. Das ist ein sehr wichtiges Ergebnis meiner Berlinreise. Auch kriege ich viele Verbindungen, die Leute kennen alle die Novelle im »Merkur« und reden einiges davon und wollen mir alle noch behilflich sein. Oft ist es eine Jagd, die Dir gefallen würde, aber ich hab es über, wirklich, bis zum Hals. Etwa so ein (allerdings besonders dicker) Tag, der letzte Montag: Vormittags schrieb ich bis 10 einen Filmakt. Dann lief ich in die Universität, dann ins Deutsche Theater wegen der Proben, aß im Stehen rasch wo um 3 Uhr, traf Klabund im Café, der den Vertrag mit Reiß schiebt, schwatzte bis 6 über die Verlagsgeschichten, dabei gingen wir durch drei Likörstuben mit einem Jüngling, der Vorschuß bekommen hatte und Likörs bezahlte, dann fuhr ich Untergrund in die Scala, wo Matray und Katta Sterna tanzten, dann mit Warschauer, Matray und Katta Sterna im Auto zu Warschauer, blieb dort zwei Stunden, indem ich »soupierte« und Weine trank, lief dann mit Matray ins Restaurant Maenz, wo mich Granach vielen Theaterleuten vorstellte,

Paula Banholzer, 1920

und gondelte um 2 Uhr mit einer Zigarre heim. Und alle diese Leute schieben einander, schreiben über einander, beneiden, verachten, verebbeln (!) einander!!! Und diese Mädchen, der Herr segne sie! Geistreichelnde, überspannte, verlebte Gänse, hurenhaft und verbildet und so dumm, so dumm! Keine einzige richtige Frau, die was ist, oh ich hab Dich lieb, Bi! Liebste Geiß, gute Geiß, ich hab Dich lieb. Du mußt mehr schreiben, was tust Du denn immer? Du darfst mir nichts zu Weihnachten kaufen, oder es müßte etwas von Dir sein, aber ich habe auch kein Geld, und Du mußt mit ganz wenig zufrieden sein dies Jahr, nächstes Jahr verdiene ich! Warum schickst Du immer das bischen Geld zurück? Es ist häßlich von Dir, ganz im Ernst: häßlich. Du kannst es ja für Frank verwenden, schick ihm Schokolade oder sammle es, es ist ja so wenig, und es ist alles, was ich jetzt zurückschaffen kann. Und ich begreife nicht, warum zwischen uns so eine Mauer ist, es ist häßlich von Dir, ich komme doch auch zu Dir, wenn ich Geld brauche, und nehme es Dir, wenn Du welches hast, oder willst Du es mir nicht geben? Ich habe Dich zu lieb, als daß ich Dich recht ausschimpfen könnte, und küsse Dich lieber, aber es ist unrecht von Dir. Aber ich küsse Dich doch, aber nicht mehr, wenn Du es noch einmal machst, hörst Du! Du bist meine kleine Frau und Du mußt mir »gehorchen«, denn sonst prügle ich Dich, ja.

Aber jetzt küsse ich Dich, weil Du eine dumme kleine Geiß bist, die ich zu lieb habe!

Dein Bert

Übermorgen muß ich einen Brief bekommen! Muß! Muß! Muß!

[Berlin, Anfang Dezember 1921]

32 [Skovsbostrand], 29. V. 35

Liebe Bi,
ich höre, zurückgekehrt von einer Reise, daß Du Frank zu Dir nach Augsburg genommen hast. Schlimm ist dabei nur, daß er weder bei Dir, noch bei seiner Großmutter wirklich bleiben kann und daß Du keine Lehrstelle für ihn hast. Unter den jetzigen Umständen sind meine Vermögensverhältnisse so, daß ich Dir eine so große Summe, wie sie für den Dentistenberuf nötig wäre, unmöglich zur Verfügung stellen kann; ganz abgesehen davon, daß dieser Beruf sich für Frank kaum eignet. Ich kann Dir noch für höchstens ein Jahr eine monatliche Summe von 50 Mark schicken und auch das nicht ganz sicher, obwohl ich mein möglichstes tun will. Es ist also *sehr* wichtig, daß Frank sehr schnell etwas lernt, durch das er verdienen kann. Daß es ihm gesundheitlich nicht gut geht, ist schlimm; ich hoffe, daß die ärztliche Behandlung, die er in Wien gehabt hat, fortgesetzt werden kann. Man hat uns immer versichert, daß seine Beschwerden in der Pubertätszeit bei guter Behandlung und unter ärztlicher Kontrolle verschwinden oder zumindest sich entscheidend vermindern können. Zum Zweck ärztlicher Behandlung ist er ja nach Wien gebracht worden, und sein Zustand hat sich dort wesentlich verbessert. Natürlich bin ich froh, daß Frank jetzt bei Dir ist. Durch die Ungunst der Verhältnisse hast Du nun doch die ganze Verantwortung für ihn übernehmen müssen. Im selben Augenblick, wo meine Verhältnisse sich bessern, werde ich Dir sofort wieder helfen. Grüße, bitte, Frank von mir und sei selber gegrüßt von

Die erste Rate schicke ich an Dich, die weiteren gehen dann, wenn mein Vater einverstanden ist, an ihn ab.

Paula Banholzer, Herbst 1919

Mit Paula Banholzer während eines Ausflugs, 1918

In Brechts Augsburger Mansardenstube, 1918

Mit Paula Banholzer, 1918

Feier anläßlich der Taufe von Frank in Kimratshofen am 2. August 1919 (von links: Paula Banholzer, Otto Müller, Caspar Neher, Blanka Banholzer, Georg Pfanzelt, Brecht und Georg Wolf, Blankas Verlobter)

Anmerkungen

1

Kautzengäßchen] Am Institut der Englischen Fräulein entlangführende Gasse auf halbem Wege zwischen Brechts und Paula Banholzers Wohnung. In der ersten Zeit ihrer Beziehung ihr bevorzugter Treffpunkt.
Kapuzinern] Kirche und Kloster der Kapuziner in der Sebastianstraße unweit der Haindlschen Papierfabriken.
Bleichstraße 2] Adresse des ersten der vier Haindlschen Stiftungshäuser, in dem die Familie Brecht seit dem 12. September 1900 das erste Stockwerk und zwei Dachkammern – nach 1910 Brechts Mansarde – bewohnt.
E.] Eugen Berthold Friedrich sind Brechts Vornamen. Sein Rufname als Kind ist Eugen, vgl. zu 6.

2

Salaam] Arabische Begrüßung: hier humoristisch verwendet.
Ich bin voll Schwermut.] Die Formulierung kehrt in einem Brief vom Tegernsee an Caspar Neher Anfang September 1917 wieder: »[...] ich liege auf einer Wiese unter Bäumen, voller Schwermut, wie ein Baum voll Honig ist zur Zeit, da er faul wird.«
Simson] Eine der Richterfiguren des Alten Testaments (Richter 13,1 ff.), die in ihrem Wirken Jesus präfiguriert. Simson war von Gott mit übermenschlichen Kräften ausgestattet, die er verlor, wenn sein Haar geschnitten wurde.
Löwe in einer Mäusefalle] Da sich Brecht hier in humoristischen Anspielungen an das Alte Testament ergeht, bezieht er sich möglicherweise auf »Daniel in der Löwengrube« (Daniel 6,1 ff.). Denkbar ist auch ein Bezug zum vorher erwähnten Simson, zu dessen Taten das Erwürgen eines Löwen gehört (Richter 14,5).

Dotschen] Dialektausdruck für »weiße Rüben«.
Gedicht von Heine] Anspielung auf Heinrich Heines Gedicht *Ein Fichtenbaum steht einsam...* aus dem *Buch der Lieder*. Vgl. Heinrich Heine, Sämtliche Werke, Band I,1. Hamburg 1975, S. 164.
weinenden Rosse des Achilles] Nach Homers *Illias* ist Achilles der schönste, schnellste und tapferste der griechischen Helden von Troja. Seine unsterblichen Rosse Balios und Xanthos hatten anthropomorphe Eigenschaften. Als die beiden erfuhren, daß ihr Wagenlenker Patroklos, ein enger Freund des Achilles, im Kampf um Troja getötet wurde, weinten sie um ihn (vgl. Homer, Illias, 17, 426 ff.).
zu Tegernsee] Brecht hält sich in den Sommerferien 1917 am Tegernsee auf, wo er dem Sohn des Kommerzienrats Dr. Kopp in verschiedenen Fächern Nachhilfeunterricht erteilt.

3
Ehrenberg] Karl Ehrenberg ist in den Jahren 1915 bis 1918 städtischer Kapellmeister in Augsburg; er führt die städtischen Symphoniekonzerte ein. Paula Banholzer zufolge verehrt ihn Brecht sehr.
Werrenrath] Erna Werrenrath ist eine Klassenkameradin Paula Banholzers an der Städtischen Maria Theresia-Schule, einer höheren Mädchenschule.
Szenen eines Theaterstücks] Mit dem Theaterstück ist *Baal* gemeint, dessen erste Fassung im Frühjahr 1918 entsteht. Paula Banholzer zufolge trägt die Figur des Johannes Züge Brechts: »Und eben dieser Johannes spricht in diesem Theaterstück von seiner Liebe, und damit hat Brecht mich, uns gemeint« (Paula Banholzer, So viel wie eine Liebe, S. 118).
Medizin] Brecht wechselt unmittelbar nach Beginn des 2. Semesters sein Studienfach. In einem Beleg der Universitätskanzlei vom 2. Mai 1918 erscheint er noch als »Studierender der Philosophie«, während Brecht an Caspar Neher in einem

Brief vom 30. Mai 1918 bereits von seiner Umschreibung zur Medizin berichtet.
Palestrina] Oper Hans Pfitzners, die im Kulturleben ein relativ großes Aufsehen erregt. Sie entsteht zwischen 1912 und 1915 und stellt den Versuch dar, an das Musikdrama Richard Wagners anzuknüpfen.
Aufführungen von Pfitzners Oper finden in München am 11. und 28. Mai, sowie am 8. Juni 1918 statt.

5
Medizin] Es geht um das Kriegsnotsemester, das von der Universität für ehemalige Soldaten eingerichtet wird. Dieses beginnt am 15. Januar 1919 und endet am 15. April.
mit einem neuen Stück] Vermutlich der Beginn der Arbeit an *Spartakus*, später *Trommeln in der Nacht.*
mein Zimmer] Brecht wohnt seit dem 24. Januar 1919 in München in der Paul Heyse-Straße 9.
Cas] Der spätere Bühnenbildner Caspar Neher ist seit 1911 Klassenkamerad Brechts. Neher ist von 1915 bis 1918 Soldat im ersten Weltkrieg. 1919 bis 1922 studiert er an der Münchner Kunstakademie.
Bez] Otto Bezold gehört zu Brechts Freundeskreis. Bezold besorgt Brecht zwei Totenschädel, die er in seiner Mansarde in der Bleichstraße zur Schau stellt. Aus Dank widmet Brecht Otto Bezold seine *Ballade von meinem Totenschädel.*
Geyer] Georg Geyer ist seit dem Schuljahr 1910/11 Brechts Klassenkamerad und Freund.
die Kuhn] Brecht lernt Hedda Kuhn, die bis Anfang 1919 in München, dann in Freiburg und Berlin Medizin studiert, im Herbst 1917 im Kolleg des Theaterwissenschaftlers Artur Kutscher kennen und bleibt mehrere Jahre mit ihr eng befreundet.
Münsterer] Münsterer gehört ab 1917 zu Brechts Freundeskreis (vgl. Hanns-Otto Münsterer, Bert Brecht. Erinnerungen aus den Jahren 1917–1922, Zürich 1963).

6

B. E. B.] Berthold Eugen Brecht. Eugen ist zu dieser Zeit der Rufname Brechts, den er hier als Initiale nochmals verwendet. Ab Juli 1916 zeichnet er seine schriftstellerischen Beiträge mit »Bert Brecht«.

Schlack] Dialektausdruck für einen nachlässigen, trägen Menschen.

lerne das Tanzen] Im Januar 1919 besucht Brecht mit Caspar Neher verschiedene Tanzlokale, um für den bevorstehenden »Kutscherabend«, eine Semesterfeier, die bei dem Münchener Theaterwissenschaftler Artur Kutscher am 3. Februar 1919 stattfindet, Walzer tanzen zu lernen.

Stück, das 10 000 Mark einbringt] Gemeint ist *Trommeln in der Nacht*. Brecht erfährt Anfang 1919, daß Paula Banholzer schwanger ist, und will deshalb unbedingt Geld verdienen. Caspar Neher berichtet, daß Brecht am 27. Januar 1919 während einer Zugfahrt die Idee hat, auch einen Roman zu schreiben, der ihm 10 000 Mark einbringen soll.

7

meinen Geburtstag] Brecht hat am 10. Februar Geburtstag.

Deinen (Geburtstag)] Paula Banholzer wird am 6. August 1901 als Tochter des Arztes Dr. Karl Banholzer geboren.

Mech] Alois Mech ist ein Klassenkamerad Walter Brechts.

Schätzler] Vermutlich der am 5. Juni 1901 geborene Gutsbesitzersohn Christoph von Schaezler, der in den Jahren 1915 bis 1917 dieselbe Klasse des Augsburger Königlichen Realgymnasiums besucht wie Brechts Vetter Richard Reitter.

Deiner Schwester] Gemeint ist Blanka, die am 15. Dezember 1898 geborene ältere Schwester Paula Banholzers.

Lackel] Dialektausdruck für einen unbeholfenen, tölpelhaften Mann.

Frau Frick] Walburga Frick ist die Hebamme, bei der Paula Banholzer seit Anfang Februar 1919 wohnt und später ihr Kind zur Welt bringt.

Spartakus] Ursprünglich vorgesehener Titel für *Trommeln in der Nacht.*
Lud Prestel] Ludwig Prestel ist ein zwei Jahre jüngerer Freund Brechts. Prestel ist ein guter Pianist und diskutiert mit Brecht häufig über Musik.
Orge] Georg Pfanzelt ist einer der engsten Jugendfreunde Brechts. Ihre Freundschaft währt seit 1907/08. Brecht widmet ihm 1922 sein erstes Drama *Baal.*
Otto] Gemeint ist Otto Müller, der sich später »Müllereisert« nennt. Er ist zweieinhalb Jahre jünger als Brecht und stammt aus einer wohlhabenden Familie. Er ist mit Brecht bis zu dessen Lebensende befreundet.

8
der kleine Jude in Bethlehem] Anspielung auf Zeugung und Geburt Jesu Christi.

9
mein Sohn] Brecht und Paula Banholzer mutmaßen schon während der Schwangerschaft, daß es sich bei dem Kind um einen Jungen handle.

11
schenierst] Dialektform für »genierst«.
Doktor in München] Der Schriftsteller Lion Feuchtwanger, der aus einer orthodox jüdischen Familie stammt, promoviert 1907 in München über *Heinrich Heines Fragment »Der Rabbi von Bacherach«*. Auf Anraten des Schauspielers Arnold Marle legt Brecht sein Stück *Spartakus* Feuchtwanger im März 1919 zur Begutachtung vor. Auf Martha Feuchtwangers Vorschlag hin wird das Stück in *Trommeln in der Nacht* umbenannt. Die günstige Beurteilung des Stücks seitens Feuchtwangers führt jedoch zunächst weder zu einer Aufführung noch zu einer Veröffentlichung.
für Dich geschrieben] Der Erstdruck des Stücks *Trommeln*

in der Nacht von 1922 im Drei Masken Verlag trägt die Widmung »Der Bie Banholzer 1918«.
übers Kreuz] Redewendung für »nicht einer Meinung« oder »zerstritten«.
Kimratshofen] Ort bei Kempten im Allgäu, wo Paula Banholzer seit Februar 1919 bei der Hebamme Frick wohnt und ihr Kind zur Welt bringt.
Legau] Kleiner Ort im Allgäu.

12
grandig] Dialektform für »grantig«.

13
Lechbuticke] Kneipe im Lechviertel, einem Teil der Augsburger Altstadt, dem die vom Lech abgezweigten Kanäle den Namen geben. Dort, am Vorderen Lech, befindet sich auch »Gablers Taverne«, der Treffpunkt des Freundeskreises um den jungen Brecht.
Hagg] Heiner Hagg ist einer der Freunde Brechts. Die Väter beider sind gut miteinander bekannt.

14
die beiden Dramen] Gemeint sind *Baal* und *Spartakus* bzw. *Trommeln in der Nacht.*
Baalmanuskript] Einem Brief Brechts vom 28. April 1919 an den Dramaturgen Jacob Geis am Münchener Nationaltheater zufolge hat der Schauspieldirektor Steinrück (vgl. zu Brief 21) im April ein Manuskript des *Urbaal* in Händen.
Einfluß haben] Am 3. April 1919 wird in Augsburg auf einer großen Massenkundgebung die Ausrufung der Räterepublik gefordert, die am 7. April 1919 vollzogen wird. Brecht hat gute Verbindungen zu führenden revolutionären Kräften im Augsburger Arbeiter- und Soldatenrat, besonders zu Lilly Prem, der »Leiterin der revolutionären Frauen«.
Räterepublik] Vgl. zu Brief 15.

Unruhen] Vor dem Angriff konterrevolutionärer »weißer« Truppen auf Augsburg am Ostermontag, dem 20. April 1919, kommt es in der Stadt zu Unruhen.
Warschauer] Brechts Münchener Studienfreund Frank Warschauer, den er durch Hedda Kuhn kennengelernt hat, arbeitet später als Musik- und Filmkritiker und ist Gastgeber Brechts während der Aufenthalte in Berlin Ende des Winters 1920 und im Winter 1921/22.
Feuchtwanger] Vgl. zu Brief 11.

15
Baal] Vgl. Brief 14.
Memmingen] Stadt im Allgäu.
Räterepublik ... nicht mehr lange dauern] Nach Niederringung der letzten Gegenwehr durch die »weißen« Truppen am 22. April 1919 bricht die Rätebewegung in Augsburg rasch zusammen. München wird von Regierungstruppen am 1. und 2. Mai 1919 erobert.

16
Lampiong] In einem Brief an Arnolt Bronnen vom 3. Oktober 1922 schreibt Brecht: »Ich bringe einen Lampiong mit in die Aussteuer [...].«
Walter der Rothaarige] Gemeint ist Brechts und Paula Banholzers Sohn Frank. Offenbar ist man sich kurz vor der Geburt über den ersten Rufnamen – »Frank« nach Frank Wedekind oder »Walter« nach Walter Brecht – noch nicht einig.

17
Lotte Hagg] Eine Schwester von Josef und Heiner Hagg (vgl. zu Brief 13).
Hohenester] Max Hohenester ist ein Freund Bert Brechts.
Frank] Brechts und Paula Banholzers Sohn Frank Walter Otto wird am 30. Juli 1919 in Kimratshofen geboren.

18
Blanka] Vgl. zu Brief 7.
Immenstadt] Ort im Allgäu.

19
vier Einakter] Otto Münsterer zufolge entstehen im Herbst 1919 fünf Einakter Brechts: *Der tote Hund, Die Hochzeit, Er treibt einen Teufel aus, Lux in tenebris* und *Der Fischzug*.
Orge] Georg Pfanzelt.

20
Dreimasken] Drei Masken Verlag. Ende Juli 1919 erhält Brecht nach Vermittlung von Lion Feuchtwanger die Nachricht, *Baal* sei vom Münchener Drei Masken Verlag angenommen. Die Zusage wird aber schon nach wenigen Tagen zurückgezogen. Der Drei Masken Verlag bringt dafür jedoch 1922/23 die Erstausgabe von *Trommeln in der Nacht* heraus und nimmt auch die Bühnenvertriebsrechte wahr.
Georg Wolf] Der am 30. Juni 1897 geborene Freund Blanka Banholzers, den sie im Jahre 1923 heiratet.
greenhorn] In diesem Zusammenhang humoristischer Ausdruck für »jung« und »unerfahren«. Er erscheint oft in den Werken Karl Mays, die Brecht vertraut sind.

21
Turne nur recht fleißig] Paulas Vater, Dr. Karl Banholzer, hat die Absicht, seine Tochter den Beruf der Turnlehrerin ergreifen zu lassen.
Lönslieder] Der Schriftsteller Hermann Löns (1866–1914) gewinnt als Dichter der Lüneburger Heide eine gewisse Popularität. Löns meldet sich nach Ausbruch des ersten Weltkriegs als Freiwilliger und fällt bei Reims. Seine Gedichte und Lieder üben Einfluß auf die Jugendbewegung aus, seine Prosa prägt den völkisch-nationalen Bauernroman und deutet auf die nationalsozialistische Blut- und Bodenliteratur vor-

aus. Löns' Lieder werden häufig vertont, so daß die Vertonung, um die es in Brechts Brief geht, nicht ermittelt werden konnte.
Niels Lyne] Der 1880 erschienene, 1889 erstmals ins Deutsche übersetzte Roman des dänischen Dichters Jens Peter Jacobsen, der auf die deutsche Literatur der Jahrhundertwende, insbesondere auf Rilke, großen Einfluß ausübt.
Müller] Vgl. zu Brief 7.
Steinrück] Nach der Novemberrevolution in Bayern wird der Schauspieler Albert Steinrück zum Schauspieldirektor am Münchener Nationaltheater ernannt. Nach der Liquidierung der Räterepublik im Mai 1919 sieht sich Steinrück im Oktober 1919 auf Druck konservativer Kreise genötigt, um Enthebung aus seinem Amt zu bitten.

22
George] Georg Pfanzelt.
Radau im Theater] Vgl. zu Brief 23.

23
Schnapsschank in den Lechgäßchen] Vgl. hierzu auch Brief 13.
S. R.] Sophie Renner.
Bitschlinstraße] Straße im gutbürgerlichen Augsburger Thelottviertel, wo auch Brechts Freund Hohenester wohnte.
Theaterskandal] Es handelt sich um die Inszenierung von Frank Wedekinds *Schloß Wetterstein* an den Münchener Kammerspielen. Die Aufführung am 6. Dezember 1919 muß wegen lautstarker Proteste im 3. Akt unterbrochen werden, nach einer Pause kann man jedoch weiterspielen. In der Münchner-Augsburger Abendzeitung vom 8. Dezember 1919 beklagt man sich in Anspielung auf Wedekind über »Elemente, die nicht nur in der Kunst, sondern auch in der Politik und im Wirtschaftsleben als gefährliche, volksfremde

Parasiten den Stamm unserer deutschen Kultur zernagen, unterwühlen und verseuchen...«.

24
Baal, der in die Druckerei muß] Als der Georg Müller Verlag in München Ende 1919 den *Baal* annimmt, beginnt Brecht mit der Umarbeitung zur dritten Fassung dieses Stücks. Nachdem der Satz des *Baal* am 15. Juli 1920 beendet ist, weigert sich der Verlag jedoch aus Angst vor Schwierigkeiten mit der Zensur, das Buch zu drucken und läßt lediglich 20 oder 30 Exemplare für den privaten Bedarf Brechts herstellen.

25
Hanns Johst] Hanns Johst (1890–1978) ist Schriftsteller des Expressionismus und später einer der wichtigsten Exponenten der NS-Dichtung. Er avanciert zum Präsidenten der Reichsschrifttumskammer. Seit 1918 lebt er als freier Schriftsteller in Oberallmannshausen am Starnberger See, wo Brecht ihn besucht. Offenbar hat Brecht die Idee, Paula Banholzer bei Johsts als Hausangestellte unterzubringen. In einem Brief an Johst vom 21. Februar 1920 erinnert er ihn nochmals an diese Angelegenheit.

26
Otto Müller] Vgl. zu Brief 7.
Eislebenerstr. 13 bei Warschauer] Brechts erster Besuch in Berlin, wo er bei Frank Warschauer wohnt. Vgl. auch zu Brief 14.

27
bussieren] Für poussieren; flirten, um jemandes Gunst werben.

29

Steinrück ... bearbeiten für mich] Im März 1920 hofft Brecht immer noch, daß das Münchener Nationaltheater den *Baal* zur Uraufführung bringt. Vgl. auch zu Brief 21.

Baal: vom Verlag ...] Brecht führt bei seinem ersten Aufenthalt in Berlin Verlagsverhandlungen wegen des *Baal* mit Hermann Kasack, dem Cheflektor des Potsdamer Gustav Kiepenheuer Verlags.

31

Proben bei Reinhardt] Max Reinhardt inszeniert zu dieser Zeit Strindbergs *Traumspiel.* An den Besuch der Proben erinnert sich Brecht noch 1943.

Generalvertrag] Der Vertrag mit dem Verlag Erich Reiß wird am 24. Dezember 1921 unterzeichnet. Er überträgt dem Verlag die Rechte für den *Baal* sowie die Option auf sämtliche Stücke, die Brecht vom 1. Januar 1920 bis zum 31. Dezember 1924 schreiben würde. Da der Verlag von seinen Rechten keinen Gebrauch macht, wechselt Brecht zum Kiepenheuer Verlag über, der u. a. *Baal* und *Leben Eduards des Zweiten von England* herausbringt.

Novelle im »Merkur«] Der in München erscheinende *Neue Merkur* hat im September 1921 (Jg. 5, H. 6, S. 394–407) Brechts Geschichte *Bargan läßt es sein* abgedruckt.

Filmakt] In Brechts Notizbüchern finden sich zahlreiche Eintragungen zu Filmprojekten verschiedenster Art, so daß es nicht auszumachen ist, um welche Stoffe es sich im einzelnen handelt.

Universität] Laut Matrikelauszug ist Brecht vom 13. Dezember 1921 bis 24. Februar 1922 an der Berliner Universität (Philosophische Fakultät) immatrikuliert.

Matray und Katta Sterna] Das Tänzerpaar Ernst Matray und Katta Sterna.

32

Frank] Einen Durchschlag des maschinenschriftlichen Originalbriefs Brechts an Paula Banholzer legt Helene Weigel einem Brief an Brechts Vater vom 29. Mai 1935 bei, der sich im Besitz der Staats- und Stadtbibliothek Augsburg befindet und in dem es ebenfalls um die Regelung der hier aufgeworfenen Fragen geht. Brecht ergänzt den Brief durch eine kurze handschriftliche Notiz, die die Modalität der Zahlung anspricht. Spätere Briefe Frank Banholzers an Brecht belegen, daß auch nach der Ausbürgerung Brechts weiterhin Kontakt besteht.

Nachwort

Zu den großen Überraschungen für alle Brecht-Kenner, -Biographen und -Forscher gehört nach dem völlig unvermuteten Fund des Tagebuchs Nr. 10 aus dem Jahre 1913 das Auftauchen von 29 bisher völlig unbekannten Briefen Brechts an seine Augsburger Jugendgeliebte Paula »Bi« Banholzer, die hier zusammen mit den drei schon publizierten zum erstenmal veröffentlicht werden. Zwar war durch Paula Banholzer bekannt, daß Brecht einst zahlreiche Briefe an sie geschrieben hatte, doch galten diese bis auf die zwei frühen Briefe von Mai 1918 und vom Dezember 1921, deren Originale die Staats- und Stadtbibliothek 1975 von Paula Banholzer erworben hatte, und dem späten Brief aus dem Jahre 1935 alle als vernichtet und endgültig verloren. Paula Banholzer glaubte sich nämlich zu erinnern, daß ihre Mutter beim Umzug nach dem Tod ihres Vaters diese Briefe in den Papierkorb geworfen habe. In Wirklichkeit jedoch gab sie Paula Banholzers Mutter offenbar Brecht selbst oder dessen Vater zurück. Nach Brechts Flucht und Ausbürgerung oder spätestens nach dem Tod des Vaters im Jahre 1939 wurden sie wahrscheinlich nach Darmstadt zu Brechts Bruder Walter geschafft, wo nach dem Tod des Bruders und seiner Frau im Nachlaß ein kleines Holzkästchen mit diesen 29 Briefen auftauchte, die die Staats- und Stadtbibliothek 1989 zusammen mit weiteren Briefen, Schriftstücken und Widmungsexemplaren Bertolt Brechts und anderen Materialien erwerben konnte. Auch Brechts Brief an die »Bi« aus dem Jahre 1935 befand sich darunter, so daß die Bibliothek alle hier veröffentlichten Briefe im Original besitzt.

Über den Wert jedes neuen unmittelbar von Brecht selbst stammenden Dokuments hinaus sind diese neuentdeckten 29 Briefe vom April 1917 bis zum März 1920 aus mehreren Gründen von herausragender Bedeutung. Zum einen sind sie natürlich ein Zeugnis der ersten großen erfüllten Liebe in Brechts Leben, zum anderen stammen sie alle aus der Zeit vor dem Einsetzen der frühen Tagebücher Mitte Juni 1920 und vermehren damit die authentischen Dokumente aus diesem entscheidenden, weichenstellenden Abschnitt in Brechts Leben: neben der Beziehung zu Paula Banholzer und der Geburt seines Sohnes ist dies ja die Zeit der Entstehung der ersten großen Stücke »Baal« und »Trommeln in der Nacht«, des Studiums in München und der ersten intensiven Kontakte zur Theaterwelt, der Bekanntschaft mit Lion Feuchtwanger, der Räterepublik bis hin zum ersten Aufenthalt in Berlin. An autobiographischen Zeugnissen zur inneren Entwicklung Brechts in diesem Zeitabschnitt liegen bisher im wesentlichen nur die Briefe an Caspar Neher vor, ansonsten geben weitgehend nur die späten Erinnerungen ehemaliger Freunde, Freundinnen und Bekannter wie die Hanns-Otto Münsterers, der Brecht im Herbst 1917 kennenlernte, über die Jahre 1917 bis 1920 Auskunft. Gleichsam auch als ein Gegenstück zu den Briefen an seinen großen Jugendfreund Caspar Neher sind daher die Briefe an seine große Jugendliebe hochbedeutsam für die Kenntnis der Entwicklung Brechts in jenem wichtigen Zeitabschnitt, als aus dem Augsburger Gymnasiasten endgültig der um Anerkennung und Erfolg ringende Stückeschreiber wurde.

Aufmerksam wurde Brecht auf die am 6. August 1901 geborene Arzttochter Paula Banholzer, die seit dem Schuljahr 1912/13 die sechsklassige höhere Mädchenschule an der Augsburger Städtischen Maria-Theresia-Schule besuchte, bereits im Jahre 1916, erst 1917 kam es aber zu konkreten Annäherungsversuchen. Brechts erste Erwähnung der »Bi« findet sich in einem Brief vom 8. Juni 1917 an seinen Freund Max Hohenester, in dem er vom »unrühmlichen und lächerlichen« Ausgang der Geschichte mit Paula berichtet. Doch zeigte Brecht auch hier jene Hartnäckigkeit, die ihn in anderen Fällen, wie etwa bei Therese Ostheimer, auszeichnete, um

die er annähernd zwei Jahre lang vergebens warb. Im Herbst 1917 gelingt es ihm so doch, die Beziehung zu Paula Banholzer fester zu knüpfen, bis es dann im Frühjahr und Sommer 1918 zu einem der vielleicht glücklichsten Zeitabschnitte im Leben Brechts kommt, als der die Freiheit und Ungebundenheit des Studentenlebens genießende Zwanzigjährige in einem großen Wurf den »Baal« verfaßt und nach mancherlei Liebeleien die erste große erfüllte Liebe erlebt. Im Juli und August 1918 setzen die drohende Einberufung zum Militär und erste drängende Sorgen um eine ungewollte Schwangerschaft Paula Banholzers dieser unbeschwerten Zeit des Hochgefühls zunächst einmal ein Ende.
Als seine Geliebte Ende des Jahres 1918 dann in der Tat ein Kind erwartete, bedeutete dies einen tiefen Einschnitt in seinem Leben, denn als mittelloser, ganz von seinem Vater abhängiger Student, der sein Studium für alle offensichtlich mit wenig Ernst betrieb, konnte er wenig für sein Kind und dessen Mutter tun. In der Person des Vaters von Paula Banholzer schlug ihm die Mißachtung der ungesicherten Künstlerexistenz durch die bürgerliche Gesellschaft entgegen, denn für diesen kam die Heirat seiner Tochter mit einem freien Schriftsteller nicht in Frage, zugleich erlebte Brecht die unbarmherzigen und heuchlerischen Normen einer nur auf äußerliche Reputation eingestellten Schicht, in der es hauptsächlich darum ging, die Schande vor der Mitwelt zu verstekken, während die Betroffenen in ihrer Not allein gelassen wurden. Denn Paula Banholzers Eltern verweigerten ihr jede Unterstützung, und Brecht mußte von den Zahlungen seines Vaters die Kosten für den Aufenthalt der »Bi« in Kimratshofen bestreiten, wohin diese im Februar 1919 geschickt worden war, um ihr Kind auszutragen und zur Welt zu bringen. Seit diesem Frühjahr 1919 wird der sich in klingender Münze auszahlende Erfolg seiner schriftstellerischen Arbeit zur Obsession bei dem sich noch lange Zeit in Geldnöten befindenden jungen Brecht, auch die hier veröffentlichten Briefe an die

»Bi« zeigen, daß Brechts bekannte Äußerung bei der ersten Begegnung mit Feuchtwanger, er habe das Stück »Spartakus« »ausschließlich des Geldes wegen verfaßt«, einen wahren Kern besitzt und nicht nur eine wohlberechnete Untertreibung darstellt, um interessant zu wirken. Die von großen Spannungen erfüllte Zeit nach Ende des ersten Weltkriegs mußte Brecht in seiner Auffassung von der Fragwürdigkeit der damaligen bürgerlichen Ordnung noch bestärken, denn als seine Geliebte vor der guten Gesellschaft versteckt in Kimratshofen ihr Kind erwartete, wurde in Augsburg und München die Rätebewegung blutig liquidiert, wobei er mit den revolutionären Kräften sympathisierte, während sich sein Bruder den Truppen des Freikorps anschloß, so daß der Konflikt mit dem Elternhaus Banholzer auch noch mit einem Bruderzwist in der eigenen Familie einherging.
Nach der Geburt des nach Wedekind Frank benannten Sohnes am 30. Juli 1919 tritt die Sorge um dieses zunächst in Kimratshofen in Pflege aufwachsende Kind, das bis zu seinem Tode 1943 in der Sowjetunion als Hauptleidtragender dieser Beziehung noch oft umhergestoßen werden sollte, bald etwas in den Hintergrund. Brecht und die »Bi« verbringen aber noch einmal eine glückliche Zeit, als sie beide in vollen Zügen das Leben in der Münchner Künstler- und Theaterwelt genießen, Brecht weiterhin zwischen Augsburg und München pendelnd Theaterkritiker der Augsburger Tageszeitung der USPD, dem »Volkswillen«, wird und er im Winter 1920 reiche Eindrücke bei seinem ersten Aufenthalt in Berlin sammelt.
Ungeachtet der engen Freundschaft mit der Medizinstudentin Hedda Kuhn scheint so die Beziehung zwischen Brecht und Paula Banholzer tief und ungetrübt zu sein: »Alle Sonntage seit einem Jahr gehören Bi«, notiert Brecht im Juni 1920 in sein Tagebuch. Es kommt sogar zu einer erneuten Schwangerschaft, die Anfang November mit einem vorzeitigen Abgang endet. Im Herbst 1920 kommt es aber offenbar zu einer

ersten Abkühlung in ihrem Verhältnis. Als er die »dick gewordene« Bi, wie er nicht übersehen kann, Ende September in Buchloe abholt, konstatiert er: »Die Lieblichkeit ist etwas in die Binsen gegangen.« Für Brecht, in dessen Augen »Bi« immer »die Liebliche« war, so auch in dem »9. Psalm«, dem Gedicht »Von He« (Hedda Kuhn), muß dies eine große Enttäuschung gewesen sein, die den Boden für das Anknüpfen einer engen Beziehung mit der Sängerin Marianne Zoff bereitete, die seit September 1919 am Augsburger Stadttheater engagiert war.

Während Marianne Zoff, nachdem sie 1922 von Brecht schwanger geworden war, unbedingt seine Ehefrau werden wollte, löst sich »Bi« von Brecht, als sie seit Juli 1921 in Nürnberg als Erzieherin arbeitet, erst recht wie sie von seiner Untreue erfährt. Erstaunlicherweise drängte »Bi« ihrerseits ja nie auf eine Heirat, nahm eher eine zögerliche Haltung ein: noch als er sie am 13. April 1921 fragt, ob sie ihn heiraten wolle, antwortete sie, ausweichend, »in drei oder vier Jahren«. Zwar fasziniert von Brecht, muß sie doch, beeinflußt von der negativen Haltung ihrer Eltern und nie ganz frei von konventionellen Vorstellungen eines gutaussehenden, ihr gesicherte Verhältnisse bietenden Ehemanns, innere Vorbehalte gehabt haben, sich endgültig fest an Brecht zu binden. Nach dem Tode ihres Vaters am 30. 9. 1922, dem ursprünglichen Haupthindernis für eine Heirat zwischen ihr und Brecht, war es zu spät, um sie umzustimmen. So blieb auch Brechts letzter Versuch erfolglos, noch einmal Paula Banholzer an sich zu ziehen, als er ihr in Berlin eine Stelle besorgt und Anfang des Jahres 1924 Helene Weigel – die am 3. November desselben Jahres Brechts Sohn Stefan zur Welt bringen wird! – nach Augsburg schickt, um die »Bi« nach Berlin zu holen. Paula Banholzer heiratet am 1. März 1924 den Kaufmann Hermann Groß.

Helene Weigel aber gelangte in der Folge zu der Überzeugung: »Brecht hat viele Frauen gehabt, aber geliebt hat er nur die Bi.« Gerade daß er sie nie vollends in seinen Bann schlagen konnte, daß sie sich immer ein gewisses Maß an innerer Unabhängigkeit bewahrte, ihn überlistete und auch mit anderen Männern Beziehungen aufnahm, scheint ihre Anziehungskraft noch verstärkt und Brecht besonders an sie gebunden zu haben. Nicht nur die hier veröffentlichten Briefe zeugen davon, auch später fährt es ihm beim »kleinsten Zweifel« über Bis »Unschuld« »in die Gedärme« und läßt ihn Hiob beneiden (Tagebucheintrag vom 18. August 1920). Das Maß an innerer Ungebundenheit der Bi läßt ihn seine eigene Schwäche erkennen und ist für ihn nur schwer zu ertragen: »Sie ist mir mehr wert als alles zusammen, ..., ihrer bin ich nie sicher, sie ist stärker über mich als alle, sie liebe ich« (19. April 1921). Bei aller polygamen Veranlagung kam er über den Verlust seiner ersten großen Liebe nie völlig hinweg, die »Bi« schwand auch nie ganz aus seinem Gesichtskreis: Um 1930 erinnert er sich der Geliebten seiner Jugend, der er »sehr zugetan war« und die ihm wegen einer »merkwürdigen Gleichgültigkeit« seinerseits entglitten sei (Tagebücher, S. 213), und noch in einer seiner letzten autobiographischen Aufzeichnungen aus dem Jahre 1953, in der er seine damalige, »vielleicht letzte« Freundin mit seiner »ersten« vergleicht, hallt noch das melancholische Bedauern über den Verlust seiner Jugendliebe nach: »Meine jetzige Freundin ist wie meine einstige am lieblichsten, wenn sie genießt. Und von beiden weiß ich nicht, ob sie mich lieben.«

Aus der Zeit unmittelbar nach der Geburt von Brechts Tochter »Hanne« Hiob am 12. März 1923 ist ein Briefentwurf Marianne Zoffs an Paula Banholzer erhalten, in dem sie berichtet, daß sie vor wenigen Tagen einen Brief Brechts an die »Bi« gelesen habe, und dann gesteht: »– ich muß sagen, daß mich sein Brief an sie gerührt hat – so viel Liebe und Zärtlichkeit hätte ich ihm eigentlich gar nicht zugetraut« (Briefe an Marianne Zoff, S. 86). Die Vorstellung vom frauenverbrauchenden wilden Bürgerschreck, der sich mit auftrumpfender Gebärde über schwächliche Sentimentalitäten hinwegsetzt, vermittelt nur ein einseitiges Bild vom jungen Brecht. Zum Verständnis des Werdens der Autorpersönlichkeit Brechts gehört auch die Einsicht, zu welcher Liebe und Zärtlichkeit er fähig war. Ein überragendes Zeugnis dafür sind seine Briefe an seine Augsburger Jugendgeliebte, deren Veröffentlichung einen entscheidenden Abschnitt im Leben und Schaffen Brechts aufhellt und zugleich dieser ersten großen Liebe einen Denkstein setzt.

Helmut Gier

Literatur

Bertolt Brecht, Briefe, hg. v. Günter Glaeser, Frankfurt a. M. 1981.
– Briefe an Marianne Zoff und Hanne Hiob, hg. v. Hanne Hiob, Frankfurt a. M. 1990.
– Tagebuch Nr. 10 1913, hg. v. Siegfried Unseld, Frankfurt a. M. 1989.
– Tagebücher 1920–1922. Autobiographische Aufzeichnungen, hg. v. Herta Ramthun, Berlin, Weimar 1976.
– Große kommentierte Berliner und Frankfurter Ausgabe der Werke, hg. v. Werner Hecht, Jan Knopf, Werner Mittenzwei u. Klaus-Detlef Müller, Frankfurt a. M. 1988 ff., Band 1 (Stücke 1) 1989, Band 11 (Gedichte 1) 1988.

Paula Banholzer, So viel wie eine Liebe. Der unbekannte Brecht. Erinnerungen und Gespräche, hg. v. Axel Poldner und Willibald Eser, München 1981.
Bertolt Brecht. Sein Leben in Bildern und Texten, hg. v. Werner Hecht, Frankfurt a. M. 1978.
Walter Brecht, Unser Leben in Augsburg, damals. Erinnerungen, Frankfurt a. M. 1984.
Arnolt Bronnen, Tage mit Bertolt Brecht. Geschichte einer unvollendeten Freundschaft, Wien/München/Basel 1976.
Werner Frisch/K. W. Obermeier, Brecht in Augsburg. Erinnerungen, Texte, Fotos, Frankfurt a. M. 1976.
Helmut Gier, Der Gymnasiast Brecht und seine erste Liebe, in: Sinn und Form 40, 1988, Heft 1, S. 8–15.
Marianne Kesting, Bertolt Brecht in Selbstzeugnissen und Bilddokumenten, Reinbek bei Hamburg 1959.
Robert Minder, Die wiedergefundene Großmutter. Bert Brechts schwäbische Herkunft, in: Merkur 20, 1966, S. 318–332.
Werner Mittenzwei, Das Leben Bertolt Brechts oder Der

Umgang mit den Welträtseln, 2 Bände., Frankfurt a. M. 1987.
Hanns-Otto Münsterer, Bert Brecht. Erinnerungen aus den Jahren 1917–1922, Zürich 1963.
Carl Pietzcker, »Ich kommandiere mein Herz«. Brechts Herzneurose – ein Schlüssel zu seinem Leben und Schreiben, Würzburg 1987.
Eberhard Rohse, Der frühe Brecht und die Bibel. Studien zum Augsburger Religionsunterricht und zu den literarischen Versuchen des Gymnasiasten, Göttingen 1983.
Wolfgang M. Schwiedrzik (Hg.), Brechts »Trommeln in der Nacht«, Frankfurt a. M. 1990.
Klaus Völker, Brecht-Chronik, Daten zu Leben und Werk, München 1971.
Albrecht Weber, Brecht – Der Augsburger, in: Bertolt Brecht. Aspekte seines Werkes, Spuren seiner Wirkung, hg. v. Helmut Koopmann u. Theo Stammen, München 1983, S. 239–275.

Register

(Die Zahlen beziehen sich auf die Brief-Nummern)